L'échappée (pou) belle

Frida Nilsson est née en 1979. Elle écrit des chroniques pour les enfants diffusées à la radio et à la télévision suédoises. Ses romans, dont les ambiances sont souvent comparées à celles de Roald Dahl, ont été salués par de nombreux prix.
Du même auteur dans la collection Estampille : *Ma mère est un gorille (et alors ?)*

À ma mère, qui a toujours remporté les concours de tabac à chiquer.

Illustration de couverture : Arnaud Boutin

Ouvrage originellement publié par Stiftelsen Natur & Kultur
sous le titre *Jag, Dante och miljonerna*

18, rue Barbès, 92128 Montrouge
ISBN : 978-2-7470-3344-2
Dépôt légal : novembre 2012
Première édition

Frida Nilsson

L'échappée (pou) belle

Traduit du suédois
par Ludivine Verbeke

Estampille
bayard jeunesse

Cher lecteur,

Tu t'apprêtes à découvrir le récit de ma rencontre avec le rat Dante, une histoire de crime, de mensonge et de dangereux explosifs. Tout ce qui est écrit dans ce livre n'est que pure vérité, alors prépare-toi à avoir la chair de poule !

Henri

Chapitre 1

Le cadeau

Aujourd'hui, je vis pieds nus. Mes cheveux gris et emmêlés me tombent sur les épaules, mon pantalon est en lambeaux, et ma chemise, blanche à l'origine, n'est plus qu'une vieille guenille. En me croisant dans la rue, personne ne pourrait deviner que je travaillais autrefois dans une banque.

C'était un poste précieux, et j'étais le chouchou des patrons. Je connaissais tout des emprunts et des taux d'intérêt, mais aussi des combines pour escroquer les clients les plus pauvres. Je savais comment transformer leurs maigres économies en millions d'euros, au profit de notre banque, bien sûr. J'étais une véritable poule aux œufs d'or, et souvent mes supérieurs m'invitaient à jouer au mini-golf avec eux.

Ils étaient trois : Yen, Mark et Lusidor qui se donnait de grands airs, le torse bombé et la lèvre supérieure retroussée. À la main droite, ils portaient toujours une mallette identique. Ah, cette mallette ! En cuir noir, à la poignée en ébène poli, et dotée de deux serrures à code secret en or véritable. Yen, Mark et Lusidor arrivaient chaque matin à la banque en balançant leur mallette d'un geste nonchalant.

Un jour, au mois de mai, je fus convoqué dans leur bureau. Je m'arrêtai au bas de l'escalier pour resserrer mon nœud papillon, puis je montai les marches. À l'étage, je passai devant le coffre-fort, dans lequel d'innombrables billets dormaient en sécurité. Un frisson me parcourut le dos. Comment ne pas se sentir petit à côté de cette impressionnante quantité d'argent ?

Les trois patrons étaient assis derrière leur immense bureau. Avec son épaisse moustache et ses sourcils broussailleux, Yen ressemblait à un vieux balai. Mark avait plutôt l'apparence d'une poire mûre, avec son ventre dodu et son crâne d'œuf luisant. Lusidor, quant à lui, était long et maigre comme un stylo à bille. De son nez jaillissaient deux touffes de poils ; j'avais parfois envie de tirer dessus, pour m'assurer qu'ils étaient bien attachés.

– Bonjour, Henri, dit Yen. Nous sommes ravis que tu sois venu. Nous avons une annonce importante à te faire.

L'ambiance solennelle me rendit si nerveux que je tirai sept fois sur mon nœud papillon.

– Que se passe-t-il ? demandai-je.

Yen se pinça la moustache entre le pouce et l'index :

– Eh bien, il se passe quelque chose.

– Oui, ajouta Mark, nous pouvons même dire qu'il y a un événement, aujourd'hui.

– En effet, acquiesça Yen.

Ce dernier soutint mon regard pendant de longues secondes, avant de déclarer :

– Lusidor fête ses soixante-cinq ans.

– Oh ! m'écriai-je. Je n'ai même pas apporté de cadeau !

Lusidor esquissa une moue qui signifiait : « Tes petits cadeaux stupides, tu peux te les garder. »

– Ne t'inquiète pas, Henri, me rassura Yen, nous avons déjà fêté ça.

Alors seulement, je remarquai un gâteau d'anniversaire à moitié entamé et des assiettes sales sur le bureau, devant mes supérieurs.

– Ah…, répondis-je, et mon estomac se mit à gargouiller.

Le gâteau, recouvert de pâte d'amande, avait l'air délicieux.

– Mais ce n'est pas pour cela que nous t'avons convoqué, précisa Mark.

Yen poursuivit :

– Sais-tu ce qui arrive quand on a soixante-cinq ans ?

– Euh… On devient vieux ?

Yen et Mark émirent un petit rire forcé.

– On part à la retraite, expliqua Yen. On n'a plus besoin de travailler. Lusidor va quitter la banque.

Yen essuya son assiette avec son index, puis le suça :

– Nous avons donc besoin de le remplacer.

Mark se leva. Il alla chercher un grand cadeau rectangulaire, orné d'une rosette. Au lieu de le remettre à Lusidor, il s'avança vers moi et me le tendit. Pendant deux secondes, je fixai le paquet, immobile. Puis la curiosité m'envahit, et je déchirai précipitamment l'emballage.

En découvrant le contenu, je fus si heureux que je manquai de m'évanouir. C'était *exactement* la même mallette que celles de Lusidor, Mark et Yen. En cuir, avec une poignée en ébène et des serrures en or ! Mes yeux pétillaient et mon cœur tambourinait dans ma poitrine. Je voulus les remercier, mais l'émotion m'avait fait perdre la voix :

– Je… je… je ne sais que…

– Pas de quoi ! me devança Yen.

Mark chiffonna en boule le papier d'emballage brillant que j'avais laissé tomber par terre. J'eus envie d'arrêter son geste afin de récupérer la jolie rosette, mais je me retins : ça ne se faisait sûrement pas.

– Nous t'offrons cette mallette pour te souhaiter la bienvenue dans l'équipe de direction, m'annonça Yen. À partir d'aujourd'hui, les patrons de cette banque s'appellent Yen, Mark et Henri !

Mark se mit à applaudir et s'écria :

– Félicitations !

Lusidor, lui, garda les bras croisés et le regard hautain.

Je fus autorisé à me servir d'autant de gâteau que je le désirais. J'en dévorai quatre parts d'affilée, puis Yen me fit visiter les lieux. Il me montra où se trouvaient les taille-crayons, les trombones et

– information majeure – la clé du coffre-fort. (Elle était cachée derrière une serpillière dans le placard à balais, mais c'est un secret que je n'ai le droit de révéler à personne.)

C'était le plus beau jour de ma vie. Tout serait différent, désormais ! Mon existence ne serait plus monotone, elle brillerait de mille éclats ! Je me réveillerais chaque matin en pensant à mon importance, et le soir je mangerais de la meringue au chocolat dans mon canapé en songeant que je méritais bien ça, que j'avais réussi ma vie…

À l'intérieur de ma mallette flambant neuve, je découvris une petite note du fabricant : *Vous êtes l'heureux propriétaire d'une mallette DELUX inviolable. Votre code secret est le 444.*

« 444, pensai-je en rangeant la note au fond de la poche de mon pantalon, c'est mon numéro porte-bonheur. »

Chapitre 2

Rencontre nocturne

À cinq heures, je quittai mon nouveau bureau, accompagné de Yen, Mark et Lusidor. Au rez-de-chaussée, les employés terminaient leur journée de travail. Lorsqu'ils me virent avec la mallette, ils me félicitèrent chaleureusement :

– Bravo, Henri !

Leurs voix résonnaient dans le grand hall, leurs mains me tapotaient l'épaule, et leurs paroles flatteuses me caressaient les oreilles avec la douceur du velours.

– Je savais que tu finirais patron un jour ! dit Gunnar, dont le bureau était voisin du mien.

Il me demanda s'il pouvait toucher ma mallette.

– Je t'en prie !

Pourtant, j'avais un peu peur qu'il l'abîme. Je tripotai nerveusement mon nœud papillon, tandis que Gunnar prenait la mallette dans sa main droite. Pour imiter les patrons, il la balança d'un geste nonchalant. Un éclat de rire général retentit.

– Tu ne vas pas oublier ton vieil ami, maintenant que tu as gravi les échelons ? s'inquiéta Gunnar.

– Bien sûr que non ! Tu pourras même nous accompagner au mini-golf, Yen, Mark et moi. Je t'apprendrai le swing.

Gunnar partit de la banque rassuré, et, peu à peu, le grand hall se vida. Lusidor rentra chez lui pour sa première soirée de retraité. Bientôt, il ne resta que Yen, Mark et moi.

– Eh bien, quelle journée ! commenta Mark en boutonnant sa veste sur sa bedaine. Tu es content de faire partie du club, Henri ?

– C'est formidable ! répondis-je. Et vous, Lusidor ne va pas trop vous manquer ?

Yen se frotta la moustache :

– Ce bon vieux Lusidor a été un as pour apporter de l'argent à la banque. Son absence va se sentir, c'est sûr, mais…

Il me boxa gentiment l'épaule :

– … tu es là, maintenant ! Tu as notre entière confiance, Henri. D'ailleurs, tu fermes la banque ce soir !

– Ah ? Oui, oui, bien sûr…

– Alors, à demain ! conclurent mes deux collègues d'une seule voix, avant de claquer la porte principale derrière eux.

Je me retrouvai seul, dans un silence total. Un élan de joie me parcourut le ventre, et mon sourire s'étira jusqu'à mes oreilles.

– Voilà, dis-je, j'ai atteint le sommet ! Le sommet !

Soudain, je bâillai à m'en décrocher la mâchoire : l'excitation de cette journée avait laissé place à une immense fatigue. Je m'assis sur ma mallette afin de reprendre des forces pour le chemin du retour.

« Je vais me reposer juste une minute, pensai-je. Une toute petite minute. Un instant avant de... »

Et, sans même m'en apercevoir, je m'endormis.

Lorsque je me réveillai en sursaut, j'ignorais combien de temps s'était écoulé. Il faisait presque noir dans le grand hall. Seul un rayon de lune entrait par la fenêtre, et les ombres s'étiraient comme de longs fantômes. Je frissonnai. Je peinais à reprendre mes esprits quand j'entendis à nouveau le bruit qui m'avait réveillé : un grincement suivi de pas rapides au premier étage.

Et s'il s'agissait d'un voleur ? D'un dangereux bandit armé d'un pied-de-biche, prêt à mettre à exécution des plans sanguinaires ? Cette idée me donna la chair de poule.

Vite, j'allai me cacher sous mon ancien bureau. Les pas descendirent l'escalier. Je me fis aussi discret que possible. Et là… un fracas épouvantable brisa le silence. Quelqu'un hurla comme un cochon, le cri résonna entre les murs de pierre, et mon sang se glaça dans mes veines.

Il me fallut moins d'une seconde pour comprendre ce qu'il venait de se passer. Ma mallette ! Je l'avais oubliée par terre, et, dans l'obscurité, le méchant gangster avait trébuché dessus.

Je sortis de ma cachette ; je devais protéger ma mallette à tout prix ! Je cherchai l'interrupteur à tâtons, et, dès que j'allumai la lumière, mon angoisse s'évanouit.

– C'est toi ? m'étonnai-je.

Étalé par terre, entre ma mallette et la sienne, le vieux Lusidor fulminait. Il se releva et épousseta son élégant costume.

– Qu'est-ce que c'est que cette manière de laisser traîner ta mallette ? C'est dangereux !

– Excuse-moi, dis-je, penaud. J'ai entendu des pas… J'ai cru qu'il s'agissait d'un voleur.

Mon collègue semblait nerveux :

– Un voleur ? Je n'ai jamais rien entendu d'aussi idiot ! J'avais juste oublié mon… ma gomme.

Il avala péniblement sa salive, puis continua :

– Mais qu'est-ce que tu fiches ici ? Tu n'es pas rentré chez toi, comme les autres ?

– Eh bien, je me suis endormi, avouai-je, conscient que c'était ridicule. La journée a été chargée, et…

Lusidor me fixa d'un regard perçant en se mordillant la lèvre inférieure, puis il balaya ses cheveux de son front transpirant et hocha la tête.

– En effet, marmonna-t-il. Maintenant, si tu veux bien m'excuser, je suis pressé.

Soudain, poussé par l'agréable sentiment d'être au sommet de ma carrière, j'eus envie de bavarder. Je m'assis sur une marche, les jambes croisées :

– Ah, Lusidor, cette banque est toute ma vie ! Ça doit être triste de quitter ce travail. Que fait-on de ses journées quand on est retraité ?

Lusidor sourit, les yeux brillant comme deux pépites d'or. Il se posa sur son derrière osseux :

– Eh bien, au départ je pensais qu'un retraité n'était qu'un pauvre bougre au manteau usé, qui passe son temps à nourrir les canards au jardin public et à découper des bons de réduction dans les journaux pour s'acheter de la confiture, qui prend le bus gratuitement et qui nettoie les sachets de congélation pour éviter d'en acheter de nouveaux…

J'acquiesçai :

– Oui, la retraite me fait penser à ça, moi aussi.

Lusidor poursuivit :

– Mais ce matin, en nouant ma cravate pour mon dernier jour de travail, j'ai songé que ça pouvait être autrement. Un retraité peut aussi être quelqu'un de bronzé, qui se promène en short bariolé, qui mange du caviar au déjeuner et voyage en avion privé dans le monde entier pour trouver l'endroit où l'eau est la plus chaude. Quelqu'un dont la lampe de chevet s'allume et s'éteint quand il frappe dans ses mains. Quelqu'un qui, parfois, flâne au jardin public pour offrir des pâtisseries et du champagne aux canards…

– Oh ! m'écriai-je. Tu crois que c'est possible ?

– Oui, répondit Lusidor en se levant. D'ailleurs, je file : j'ai un avion à prendre pour les Bahamas. Bonne chance, mon petit Henri !

Il attrapa sa mallette d'un geste résolu, se dirigea vers la porte et disparut.

Je restai assis un moment, à réfléchir à notre conversation. Un short bariolé ? Pour rien au monde je n'aurais échangé mon travail contre un short bariolé !

Je sortis de la banque, ravi. Quelques nuages dérivaient lentement dans le ciel. Je fermai la grande porte à clé, puis m'engouffrai dans la rue déserte.

« J'ai vraiment besoin de repos ! » pensai-je en hâtant le pas.

J'étais si fatigué que ma mallette me semblait plus lourde qu'avant…

Chapitre 3

Les millions disparus

Le lendemain, je me levai le cœur joyeux. Mon appartement était petit mais confortable. Enfin… ce n'était pas seulement le mien : je le partageais avec Thor, un crocodile en tissu avec des boutons à la place des yeux. Il était très abîmé, car je l'avais depuis l'enfance. Il portait le prénom de mon idole : l'inventeur de la râpe à fromage. Imaginez que vos idées changent le monde ! Quand j'étais petit, je rêvais de devenir inventeur. Mais j'avais beau réfléchir, toutes mes idées existaient déjà ; alors, mon rêve avait été oublié dans un tiroir de ma tête.

Après avoir pris mon petit déjeuner et dit au revoir à Thor, j'attrapai ma précieuse mallette. Elle était toujours aussi lourde. Que pèserait-elle quand elle serait remplie ?

Dans la rue, comme tous les matins, c'était la cohue. Mais ce jour-là, au milieu des gens qui partaient travailler, se trouvait un vilain bandit dont j'apprendrais par la suite le nom : La Crasse. Il volait et échangeait son butin au dépôt-vente contre de l'argent. Et, bien sûr, c'est moi qu'il prit pour cible.

Je m'admirais dans la vitrine d'une boutique, en balançant ma mallette d'un geste nonchalant ; jamais je ne m'étais senti aussi beau et fier ! La Crasse aperçut ma mallette.

« Une mallette aussi chic doit contenir des objet de valeur », s'imagina-t-il sans doute.

Avant même que je comprenne quoi que ce soit, on m'avait violemment bousculé et j'étais allongé sur le sol. Je m'assis aussitôt et me retournai : un homme crasseux, portant un long gilet et chaussé de baskets, s'enfuyait à toute allure – avec, dans la main, ma mallette !

Je me relevai et courus derrière lui. J'imaginais déjà la suite, le ventre noué : Mark et Yen, vexés, me demanderaient où était passée la mallette, je devrais alors leur raconter qu'on me l'avait volée, et Yen prononcerait ces mots terribles : « Dans ce cas, nous allons recruter un autre associé. Au revoir ! »

Je m'arrêtai, les mains posées sur les genoux. Ma respiration sifflait comme le vent dans la cheminée les soirs d'hiver.

Le voleur avait disparu.

Ma mallette aussi.

Le cœur battant, les jambes flageolantes, je me rendis à la banque. Les larmes ruisselaient sur mes joues, et mon nez coulait. Ma nouvelle vie venait de s'effondrer !

En arrivant, cependant, rien n'était comme d'habitude. Les employés n'étaient pas assis à leur poste, concentrés sur leur travail. Ils s'étaient regroupés et échangeaient des messes basses. Ils évitèrent mon regard lorsque je passai devant eux, mais je sentis leurs yeux se poser dans mon dos. Même Gunnar m'ignora.

– Salut, Gunnar ! lui dis-je quand même. Il s'est passé quelque chose ?

Il se mordilla l'intérieur des joues avant de répondre :

– Un peu, oui ! C'est Lise qui a tout découvert en allant chercher des trombones dans la réserve à l'étage.

– Qu'est-ce qu'elle a découvert ?

– Qu'il manque dix millions d'euros dans le coffre, voyons ! s'exclama-t-il.

Je faillis tomber à la renverse :

– Dix millions ?

– Exactement ! Volés hier soir, après la fermeture ! Le cambrioleur savait où était cachée la clé du coffre.

À ces mots, un frisson me parcourut l'échine. Gunnar me dévisageait d'un air bizarre, accusateur.

Je voulais vérifier ça de mes propres yeux. Je filai, mais heurtai aussitôt un imposant policier.

– Henri ? s'enquit-il poliment.

Ses sourcils en forme d'accents circonflexes, son menton aussi carré qu'une brique de lait lui donnaient un air autoritaire.

– Oui, répondis-je. Je viens d'apprendre la nouvelle, c'est terrible !

Le policier m'invita à monter l'escalier :

– Suivez-moi dans le bureau de la direction. Nous avons des choses à nous dire.

À l'étage, le coffre-fort était ouvert. Au milieu des liasses de billets alignées, il y avait un grand vide. Quelques-uns traînaient négligemment sur le sol. Quelle triste scène !

Mark et Yen étaient dans le bureau, la mine déconfite. À l'écart, posté dans un coin, un chien policier, la queue entre les pattes, semblait féroce. Il s'appelait Sherlock.

– Bien, commença le policier. Dix millions d'euros ont été volés hier dans le coffre après la fermeture de la banque. Henri, vous possédez une mallette Delux en cuir noir, n'est-ce pas ?

Je ne compris pas la raison de cette question. Ne sachant comment m'expliquer sur le sujet, je bégayai, en tripotant nerveusement mon nœud papillon :

– Oui… oui… c'est vrai…

– Dans ce cas, pourquoi ne l'avez-vous pas apportée aujourd'hui ?

Je me raclai la gorge avant de bredouiller :

– Je… je l'ai laissée chez moi… Je ne voulais pas l'abîmer…

Le policier fit signe au chien de venir à ses pieds :

– Eh bien, nous allons immédiatement vérifier ça chez vous !

– Non !

J'essuyai la sueur qui perlait sur mon front :

– Enfin… C'est-à-dire qu'elle est chez le teinturier… J'ai renversé du café dessus, et…

Le reste de la phrase resta bloqué dans ma gorge. Il valait mieux dire la vérité. Et, si Yen me renvoyait à cause de la mallette, tant pis…

– On me l'a volée, avouai-je.

J'éclatai en sanglots et blottis mon visage dans ma manche :

– À l'instant même ! Sur le chemin du travail ! *Pardooooooon !*

Le policier et mes patrons me toisèrent ; ils ne croyaient pas un mot de mon histoire. Le policier fit quelques pas dans la pièce, les mains derrière le dos :

– Henri, vous étiez bien le dernier à quitter la banque, hier ?

– Oui.

– Il manque dix millions d'euros dans le coffre, précisément la valeur que peut contenir une mallette Delux, celle que l'on vous a offerte hier.

– En effet, confirma sèchement Mark.

– Et hier, continua le policier, on vous a aussi révélé l'endroit où était cachée la clé du coffre-fort, n'est-ce pas ?

– C'est bien ça, intervint Yen, glacial.

– À mes yeux, conclut le policier, cette affaire est claire comme de l'eau de roche : Henri, vous êtes soupçonné d'avoir volé dix millions d'euros.

– Soupçonné… DE QUOI ? hurlai-je.

– La mallette remplie d'argent doit se trouver dans votre appartement, à moins que vous l'ayez enterrée en lieu sûr.

– Et nous qui avions confiance en toi…, marmonna Yen en secouant la tête.

– Mais je n'ai rien fait ! Cette ville est remplie de voleurs, ça peut être n'importe qui ! tentai-je de me défendre. D'ailleurs, j'ai croisé Lusidor hier soir : il peut vous le dire, lui, que je suis innocent !

– Ah bon ? s'étonna Mark. Lusidor pourrait confirmer ton témoignage si on lui téléphonait ?

Je me remis à pleurnicher :

– Ce sera difficile : il est parti aux Bahamas. Mais je vous le jure sur ma tête !

– Je préfère que vous juriez sur votre tête que sur la mienne ! ironisa le policier.

Il s'adressa ensuite à Yen et Mark :

– Je vais interroger cette Lise, puis j'embarquerai Henri au poste.

Et il quitta le bureau, suivi de mes patrons et du chien, à qui il donna l'ordre de monter la garde devant la porte.

Alors, je fus pris de vertige : la pièce tournait autour de moi et les meubles semblaient s'étirer jusqu'au plafond, me donnant la nausée. Paniqué, je crus entendre les murs chuchoter : « Quelle honte ! Se faire arrêter, comme ça, devant tout le monde ! »

Pas question ! Je me précipitai vers la fenêtre, l'ouvris, et enjambai le châssis. En bas, dans la ruelle, il y avait une grande poubelle remplie de légumes pourris. Je déglutis plusieurs fois, le temps de rassembler mon courage.

« Oh, mon Dieu ! Qu'est-ce que je vais devenir ? »

Et je sautai. Pendant ma chute, ma veste se gonfla d'air. Avec un bruit sourd, j'atterris dans la poubelle, sur le tas de compost poisseux. Aussitôt, je sentis du mouvement. Les éboueurs étaient en train de ramasser les ordures pour les amener à la décharge. Le contenu de la poubelle se déversa dans le camion en une avalanche puante, puis, dans un grondement, la poubelle vide fut remise à sa place.

En un clin d'œil, je m'étais volatilisé.

Chapitre 4

Dante

Lorsque je repris connaissance, je me trouvais sur un tas d'épluchures de crevettes. J'avais le crâne douloureux et envie de vomir. Une antenne de crevette s'était coincée dans mon pantalon et me piquait la jambe. Je regardai autour de moi. J'avais été balancé comme une vieille chaussette.

Je m'agenouillai, au milieu de tous les déchets de la ville. J'étais un déchet. Renié par Yen et Mark, chassé de la banque. Où que se posent mes yeux s'étendait une masse infinie d'ordures. Dans le ciel, le soleil émettait une chaleur cuisante. Je me levai, fis quelques pas maladroits. Le sol était visqueux, recouvert de sacs en plastique et de crasse dégoulinante. Je glissai sur une flaque de haricots rouges et tombai la tête la première dans du yaourt moisi. Je me redressai, franchis d'un bond une immonde crevasse et entrepris péniblement d'escalader l'infecte montagne.

Lorsque le soleil fut à son zénith, je m'arrêtai pour reprendre mon souffle. J'étais trempé de sueur. Mon pantalon s'était déchiré et mon nœud papillon ne ressemblait plus qu'à une tranche de bacon ramollie. Je plissai les yeux et scrutai l'horizon : l'étendue de mon malheur me paraissait sans fin.

Je m'effondrai sur un pot de chambre cassé et plongeai mon visage dans mes mains. Que faire quand on est accusé d'avoir volé des millions d'euros ? Quand on a perdu son travail et qu'on ne peut pas retourner dans son appartement, sans doute surveillé par d'impitoyables policiers ?

Je remâchais ces questions lorsque je vis quelque chose bouger. Un peu plus loin, une sorte de tranchée se creusait parmi les déchets ; des restes de nourriture et d'autres cochonneries en jaillissaient de part et d'autre. Elle avançait vers moi, à toute allure. Je tendis l'oreille et perçus quelques mots :

– Ça, je l'ai déjà ; ça, je l'ai déjà ; ça, j'en veux pas ; ça, je l'ai déjà ; ça, je l'ai déjà… Ha, ha !

Un rat surgit de la tranchée. Il tenait entre ses pattes une chaussette miteuse. Ses yeux brillaient en observant cette loque.

– Super ! se réjouit-il. Un trésor !

À cet instant, il s'aperçut de ma présence. Il fronça le nez et pencha la tête :

– Hello !

En le voyant, j'avais été pris d'un haut-le-cœur. C'était le plus gros rat que j'aie jamais vu, gavé aux détritus depuis des lustres ! Il portait un bonnet pointu d'un blanc crasseux, dont le pompon s'était détaché du cordon. Sa queue miteuse ondulait derrière lui comme un serpent. Je décidai de ne pas le saluer. Je me sentais suffisamment misérable, sale et sans ma mallette… Être poli avec un rat répugnant était la dernière chose dont j'avais besoin.

Lorsque le rat comprit qu'il n'obtiendrait pas de réponse, il secoua la tête, faisant s'agiter le cordon de son bonnet :

– Bon, au revoir, alors !

Il posa la chaussette sur un petit tas d'objets qu'il avait rassemblés, et disparut sous les ordures. Je restai là, à observer la tranchée qui continuait de se former entre les innombrables déchets. Dans le ciel, d'épais nuages de pluie s'étaient amassés, l'atmosphère s'était alourdie. Le rat refit surface, admirant une nouvelle trouvaille, qu'il déposa sur le tas. Avant de replonger, il se tourna vers moi, menaçant :

– Ne reste pas là ! Il y a assez de trésors pour tout le monde, ici, alors pas touche à mon tas !

– Pff ! fis-je pour seule et unique réponse.

Au crépuscule, le rat avait ramassé un bon nombre d'objets. Le ciel s'était encore assombri, le tonnerre grondait au loin. Les derniers rayons du soleil s'étiraient sur l'horizon. Le rat sortit un sac en plastique de sous son bonnet et se mit à le remplir de ses trésors.

– Super ! disait-il à chaque fois qu'il ajoutait une nouvelle pièce.

Une louche pliée et tachée, c'était « super ». Une bouteille de limonade vide, c'était « super ». Une semelle de chaussure trouée, c'était « super », et un fil bouclé de téléphone, c'était « super génial ».

Lorsque le sac fut plein à craquer, le rat le jeta pardessus son épaule, comme un baluchon, et se mit en marche. Après quelques pas seulement, il s'arrêta et se retourna. Il regarda d'abord le coucher du soleil, puis moi.

– Dis..., commença-t-il. Tu penses rester ici encore longtemps ?

Je me mordillai l'intérieur des joues :

– Peut-être.

Le rat écarquilla les yeux et vint vers moi. De près, il n'était pas plus beau. Il ne restait que quelques touffes de poils sur sa tête couverte d'égratignures. Ses moustaches étaient tordues et de longueurs inégales. Son ventre était aussi flasque qu'un sac de patates vide, ses griffes aussi racornies que des croûtes de fromage séchées, et sa dentition se résumait à trois chicots noirs.

– Mais… tu n'as pas peur ? me demanda-t-il.

– Pouah ! répondis-je, comme si tout m'était égal. Peur de quoi ?

– Eh bien, tu es le seul homme que j'aie jamais croisé dans cette décharge… À part les éboueurs, qui vident leur benne le plus vite possible avant de filer. Personne ne s'attarde ici.

– Ah oui ?

– Oui, cet endroit effraie tout le monde… à cause du monstre.

– Du monstre ?

– Tu n'en as jamais entendu parler ?

– Non, je ne suis pas trop au courant des potins de la décharge…

– Ce ne sont pas des potins ! s'écria le rat en postillonnant. On l'a déjà vu…

Il s'approcha davantage de moi, enfonçant presque son museau dans mon oreille :

– Il vit au milieu des ordures. Certains l'ont aperçu au-dessus des déchets, d'autres disent qu'il rôde en dessous. Il est effroyable. Moche et poilu, avec une horrible figure. Diabolique, sauvage, répugnant ! Sa queue est un long fouet, ses griffes sont acérées, et son haleine, plus infecte que tout ce que tu peux imaginer !

L'haleine du rat, déjà, me retournait l'estomac ; je me bouchai le nez et le repoussai d'un coup de coude.

– Dante ! se présenta-t-il.

– Alors, dis-moi, Dante : tu l'as déjà vu, toi, cet abominable monstre ?

Il posa les pattes sur ses hanches :

– En fait, tout le monde l'a vu, sauf moi : j'ai toujours réussi à l'éviter.

– C'est étrange…

– En effet, c'est étrange.

Il se gratta la tête en souriant, puis haussa les épaules et reprit d'un air sérieux :

– C'est parce que je suis très prudent. Je ne sors jamais la nuit. D'ailleurs, il ne faut pas rester là plus longtemps.

Je soupirai. Je n'allais pas gaspiller le peu d'énergie qu'il me restait à lui expliquer ce que je pensais de son « monstre ». Je fixai l'horizon en silence. Le rat soupira également, amusé. Il leva les yeux au ciel et déclara :

– Bon, allez, c'est d'accord : viens !

Le baluchon sur l'épaule, il se remit à marcher.

– Comment ça, « viens » ?

Il s'arrêta et se tourna vers moi :

– Tu n'as qu'à dormir chez moi. J'ai un matelas d'appoint.

Soudain, un immense éclat de rire sortit de ma gorge :

– Ha, ha, ha ! Dormir chez un rat dans une décharge !

– Oui, pas de souci, confirma Dante, toujours aussi cordial. Ça ne me dérange pas.

– Plutôt crever ! Je ne mettrai pas un orteil dans ta bicoque pourrie ! Va-t'en et laisse-moi tranquille, maintenant !

Le rat cligna des yeux, interloqué :

– Bon, je ne t'oblige pas.

Sur ces mots, il tourna les talons. Il peinait à avancer, ses pattes s'enfonçaient dans les détritus comme dans un marécage. Parfois il disparaissait tout entier puis ressurgissait – la plupart du temps un nouvel objet à la main.

Je posai mon menton sur mes mains. Je ne regrettais pas mes paroles. Après tout, j'avais dit ce que je pensais.

Chapitre 5

L'effroyable monstre

Plus tard dans la soirée, des pluies diluviennes s'abattirent sur la décharge, le plus gros déluge des douze dernières années. Je restai assis sur le pot de chambre jusqu'à ce qu'il soit inondé, puis je m'installai sur un poste de télévision. Je sentais l'angoisse monter en moi. J'allais devenir fou ! Le froid me mordait les os, mon corps était engourdi et mes chaussures, trempées.

Au beau milieu de la nuit, une lueur vacillante se dessina dans l'obscurité. Elle s'agitait à droite et à gauche, disparaissait, puis réapparaissait en s'approchant progressivement de moi. Lorsqu'elle fut juste sous mes yeux, je découvris qu'il s'agissait d'une lanterne qui pendouillait au bout d'une immonde patte de rat. C'était Dante.

– On fait moins le malin, hein ? brailla-t-il.

Je ne pouvais pas répondre ; ma mâchoire tremblait trop fort. Dante avait revêtu un sac en plastique d'une couleur criarde, dans lequel il avait découpé des trous pour passer sa tête et ses bras. Il ôta son bonnet avachi et en tira un autre sac :

– Tiens, mets ça.

– Il n'est p… p… pas un p… p… peu petit ? bégayai-je.

Le rat hocha la tête :

– Si ! Mais tu peux le nouer autour de ton cou : ça te fera une cape. Allez, dépêche-toi de me suivre ! J'ai bravé le danger pour venir te chercher. Rentrons en lieu sûr avant que le monstre ne nous dévore !

Malgré mes doigts raides comme des glaçons, je parvins à attacher ma cape en plastique. Elle m'arrivait sous les omoplates.

– J'ai préparé le matelas d'appoint, annonça le rat. En avant, marche !

Le chemin fut périlleux. Mes pieds s'embourbaient dans une gadoue puante. À plusieurs reprises, Dante manqua de se noyer dans de grosses flaques. Par chance, à chaque fois, il réussit à en sortir sans que la lanterne prenne l'eau.

Puis nous nous mîmes à gravir une sorte de petite montagne, laissant derrière nous, en contrebas, la plaine fétide des ordures. Au sommet, j'aperçus une cabane biscornue et délabrée. Elle avait été construite avec des planches toutes différentes, et une tôle ondulée la recouvrait. De la lumière émanait d'une lucarne. Je dus me mettre à quatre pattes pour passer la porte. À l'intérieur, en revanche, je pouvais me tenir debout.

Le rat s'ébroua en tapant des pieds, déclenchant une tempête de gouttes d'eau autour de lui. J'enlevai ma cape en plastique et inspectai les lieux. Un véritable bric-à-brac remplissait les étagères. Dans un coin de la pièce trônait un vieux fourneau. Un triste bureau rouge était posé de guingois contre un mur. Sous la fenêtre, une caisse à boissons retournée faisait office de table ; on s'asseyait autour sur des cartons. Dans l'ombre d'un autre coin, il y avait un lit à barreaux, au pied duquel un matelas était recouvert d'une housse jaune pipi.

Dante désigna ce matelas :

– C'est là que tu dors, euh… Au fait, comment tu t'appelles ?

– Henri, marmonnai-je, aussi bas que possible.

Je n'avais pas envie de me présenter ; le rat risquait de s'imaginer que nous étions amis.

– Il n'y a pas de quoi avoir honte, commenta-t-il, pensant me consoler.

Il s'approcha du fourneau et en ouvrit la porte. À l'intérieur, il ne restait que du bois carbonisé et un gros tas de cendres. Dans le tiroir du bureau, il dénicha un briquet de couleur argentée. Il bourra le foyer de papier journal, déposa un morceau de bois et alluma l'ensemble. Il souffla ensuite la flamme du briquet et referma le couvercle d'un coup sec, l'air de croire qu'il était le rat le plus dégourdi de la Terre.

– Tu veux du thé ? me proposa-t-il.

Je me raclai la gorge pour réfréner une nausée :

– Non, merci, sans façons.

– Ah, non ! s'emporta Dante. Tu vas attraper une pneumonie, et je vais devoir te garder ici pendant un mois, à te nourrir de soupe, te border et te chouchouter ! Je n'ai pas le temps de jouer à la nounou !

Il alla vers une étagère, y prit une petite boîte de conserve qui avait contenu des champignons et une autre, plus grande, du maïs. Il dressa la table avec cette vaisselle de fortune, et posa une bouilloire remplie d'eau sur le fourneau. Le feu crépita, une épaisse fumée envahit la pièce. Le conduit de cheminée que Dante avait fabriqué en raccordant des tuyaux de différentes tailles ne fonctionnait pas bien. Le rat avança les pattes au-dessus de la plaque en fonte.

– Ça chauffe, dit-il.

Une fois que l'eau bouillit, il désigna la table. En soupirant, je m'assis sur l'un des cartons, qui s'affaissa aussitôt sous mon poids. La seconde d'après, j'avais le dos plaqué au sol, le rat assis à califourchon sur mon ventre, ses griffes posées sur mon cou.

– Qu'est-ce que tu as fait, gros lard ? cria-t-il. Tu as détruit ma chaise ! Je te préviens : maintenant, tu boiras ton thé DEBOUT !

Il me lâcha et s'installa sur son carton en bougonnant :

– Non, mais je rêve ! J'essaie de t'aider, je sors mon matelas d'appoint, je te prépare du thé… Et toi ? Pour me remercier, tu fracasses mon mobilier ! Pff…

Je me relevai et resserrai mon nœud papillon :

– Ton mobilier ? Laisse-moi rire !

En guise de réponse, Dante émit un long rot sonore, qui semblait provenir du fin fond de son estomac. C'était dégoûtant. Il allait en faire un second, lorsqu'il aperçut ma montre en or. Je l'avais achetée avec mon premier salaire de la banque. C'était le plus bel objet que j'avais jamais possédé – sans compter la mallette, bien sûr. Le rot de Dante resta bloqué dans sa gorge. Ses yeux brillèrent et son nez frémit :

– Puisque tu as bousillé ma chaise, tu vas me donner quelque chose. Tu as une dette envers moi.

– Si tu crois que je vais remplacer ton carton par une montre en or massif, tu te fourres le doigt dans l'œil ! répliquai-je en le menaçant du poing.

– Je suis en droit de te réclamer une compensation, insista Dante. Et ta montre est la seule chose de valeur que tu portes. Le reste, c'est de la camelote !

Quel toupet !

– De la camelote ?

Je titubai et me cognai contre une étagère ; une lavette me tomba sur la tête.

– Tu vois ? s'exclama Dante. Tu recommences ! Tu vas continuer à tout saccager chez moi jusqu'à ce que ça vaille ta pauvre petite montre ?

Je saisis la lavette et la lançai avec force sur l'étagère. Elle s'étala au milieu de bottes en cuir moisies, de mouchoirs en papier desséchés, de tricots miteux, de disques vinyles fendus, de pansements usagés, de livres aux pages manquantes, de journaux froissés, de stylos à bille mâchouillés, de caleçons sales, de canards en plastique décolorés, de chaussettes trouées – bref, au milieu de la quantité vertigineuse de vieilles bricoles que contenait l'étagère.

– De la camelote ? répétai-je, outré. Moi, je suis de la camelote ?

– Parfaitement ! hurla Dante. Tu es un moins que rien ! Un zéro !

– Ah oui ? Eh bien, tu peux toujours courir pour que je boive un thé avec toi ! Oublie-moi ! Adieu, espèce de sale rongeur pouilleux !

Je me précipitai vers la sortie et ouvris la porte d'un coup de pied. *BANG !* À cet instant précis, un éclair illumina le ciel. Je vis ce que j'avais assommé avec le battant, et mes cheveux se dressèrent sur ma tête. Une créature. Elle avait le regard sauvage, la langue pendante, une tête touffue, un corps poilu. Ses pattes aux griffes pointues et acérées, sa longue queue sinueuse me firent froid dans le dos. La nuit redevint noire. La seconde d'après, un nouvel éclair fendit le ciel : la créature avait disparu. Je refermai brusquement la porte. Mon cœur frappait fort dans ma poitrine.

Le rat boudait, assis dans un coin. Il sursauta en lisant la peur sur mon visage.

– Tu n'as pas l'air en forme, dit-il. Tu as cassé ma porte ?

Je tentai d'avaler ma salive, mais ma gorge était sèche :

– T… t… tu as vu ça ?

– Quoi donc ?

– Le monstre. Il existe !

Chapitre 6

Le concours de tabac à chiquer

– Ha, ha, ha ! Tu aurais vu ta tête ! se moqua le rat une vingtaine de fois au moins. *Hi-la-rant !*

C'était le matin. En dressant la table du petit déjeuner, Dante me fit le plaisir d'interpréter un spectacle comique : une imitation de moi-même.

– *LE MONSTRRRRRRE !* gémit-il exagérément. *IL EXIIIIIISTE !*

Il secoua la tête avant d'ajouter :

– Bien sûr qu'il existe ! J'espère que tu seras prudent, désormais. Pff ! Passer la nuit dehors, ici !

Autant suspendre un panneau *Viande fraîche* à ton cou ! Ha, ha, ha !

J'étais encore allongé, les bras croisés, le corps endolori. Le matelas était si vieux qu'il s'émiettait sous mon dos. Mon nœud papillon séchait près du fourneau. J'avais refusé d'enlever mon pantalon ; devant un inconnu, tout de même ! J'avais déjà du mal à me faire à l'idée que Dante déambule vêtu seulement de son bonnet…

– C'est prêt, annonça-t-il.

Il désigna la table de ses deux pattes en prenant un air précieux :

– Les invités sont priés de ne pas abîmer le mobilier.

Je me levai. Du pain, du saucisson, du fromage, du beurre et une bouilloire de thé fumant m'attendaient. Mon estomac affamé gargouillait. Mais… manger des ordures ? Pas question !

– Sans façons, répondis-je. Je n'ai pas faim.

Assis sur son carton, Dante s'empiffrait déjà.

– Comme tu voudras ! baragouina-t-il, la bouche pleine.

Je m'assis par terre et me contentai d'une gorgée de thé. Aucun doute : une odeur de viande avariée me montait au nez. Et sur le fromage, n'y avait-il pas de la mousse verdâtre ? Quant au pain, j'étais certain d'en voir sortir un petit ver qui me souriait méchamment.

Lorsqu'il eut tout avalé, Dante se frotta le ventre.

– Aaah ! soupira-t-il. C'était bon !

– Dis-moi… Tu ne crains pas de t'intoxiquer ? osai-je lui demander.

– Comment ça ? s'étonna-t-il en fourrant dans sa bouche une croûte de fromage tombée sur ses genoux.

– Eh bien… Tous ces aliments ont été jetés à la poubelle. Et on jette à la poubelle la nourriture périmée. Ça pourrait te rendre malade, non ?

Le rat me fixa, les yeux écarquillés :

– Tu penses que je mange des déchets ?

– Euh… oui. Je me trompe ?

– J'ai acheté tous ces aliments en ville, répliqua-t-il. Même le saucisson. Avec l'argent que je récupère au dépôt-vente.

– Pardon ?

Je sentis la rage monter en moi. J'avais tellement faim !

– Le dépôt-vente, tu ne sais pas ce que c'est ? demanda Dante, comme si j'étais le dernier des imbéciles.

Je bondis vers lui :

– Et c'est seulement maintenant que tu me le dis !

Des larmes dévalèrent mes joues. Je n'avais jamais été aussi affamé. J'aurais pu dévorer le rat, s'il n'avait pas été si répugnant. Désespéré, je me mis à hurler. J'attrapai le couteau et le lançai dans le mur au-dessus de Dante, qui s'était réfugié sous la table.

– Du calme ! s'écria-t-il. Il en reste !

Je stoppai net et haussai les sourcils :

– C'est vrai ?

– Mais oui ! dit Dante, agacé.

Il alla vers l'étagère, attrapa du saucisson, du fromage, du pain et du beurre, et jeta le tout sur la table.

– Tiens, puisque tu as faim, maintenant, pleurnichard !

J'étais rouge de honte. Je revoyais la scène et comprenais à quel point je m'étais mal comporté. Rassuré sur le fait que je n'allais pas mourir de faim, j'avais retrouvé un peu de discernement. Qu'est-ce qui m'avait pris ?

Je ramassai le couteau tombé sur le sol et coupai une grosse rondelle de saucisson, que je disposai en sandwich entre deux tranches de pain et de fromage. Puis je mordis à pleines dents. Je frissonnai de bonheur, sentant la vie revenir peu à peu dans tous mes membres. Je me préparai ensuite un deuxième sandwich, plus gros, puis un troisième, et un quatrième, jusqu'à ce que tous les ingrédients soient épuisés. Alors, mes paupières s'alourdirent.

– Rassasié ? me demanda Dante.

– Oui, merci.

– Tant mieux !

Il se mit à débarrasser la table.

Soudain, je songeai que j'étais resté trop longtemps dans la cabane du rat. Je me levai de ma chaise et resserrai mon nœud papillon.

– Bon, déclarai-je, la pluie a cessé, je vais pouvoir m'en aller.

Dante s'essuya les pattes avec un petit mouchoir sale :

– C'est fini, tu n'as plus peur ?

À ces mots, mon sang se glaça. Je n'avais pas oublié l'horrible monstre. Pour être honnête, j'étais terrifié à l'idée de traverser la décharge seul. Mais je préférais risquer la mort plutôt que vivre dans la bicoque de ce rat dégoûtant. Je pris un air assuré.

– Peur ? lançai-je. Ha ! Laisse-moi rire !

Dante m'accompagna à la porte. Au moment où j'allais sortir à tout jamais de la vie de ce rat, il me tendit la patte. Je la fixai comme on fixe un drôle d'insecte sur le carrelage de la salle de bains, en se demandant si on aura le courage de l'écraser. Ironie du sort ! Ma main, qui la veille tenait la poignée en ébène d'une mallette Delux, s'apprêtait à serrer la patte d'un déchet coiffé d'un bonnet.

– J'espère que tout ira bien pour toi, me dit-il. Et ne t'inquiète pas pour le carton que tu as écrasé : j'en trouverai sans doute un nouveau dans quelques années.

– D'accord, fis-je en me forçant à saisir sa patte.

– Enfin… tu pourrais quand même me donner ta montre pour me remercier du repas dont tu t'es goinfré. Avec toute cette nourriture, j'aurais pu tenir une semaine.

– Hors de question ! grondai-je en reculant ma main. C'est MA montre !

– Faisons un concours, proposa Dante. J'ai de l'or à parier.

Il trottina jusqu'au bureau et en sortit trois objets dorés : un plombage, une boucle d'oreille et une vis

– les deux premiers étaient en or véritable, le dernier, en laiton. Il les posa sur la table, puis il dénicha sur une étagère une boîte à tabac rouge de la marque Faisan Doré. Dessus, il était écrit : *Tabac extra-fort à chiquer*. Dante fouilla encore pour trouver une autre boîte, qui contenait du tabac Götmar Robuste.

– Voilà. Le premier qui avale tout le tabac de sa boîte remporte la mise de son adversaire. Je mise mes trois trésors, et toi, tu mises ta montre, OK ?

– Tu es complètement fou ! m'écriai-je, sidéré.

– Tu n'oses pas, hein ? me provoqua-t-il.

– Non, je n'ose pas, parce que je ne suis pas un triple idiot !

– Houuuuu… Quel trouillard ! Même pas capable de faire un petit concours de tabac à chiquer ! Allez, chiffe molle !

Il ouvrit le couvercle de la boîte rouge et grogna un peu pour se donner du courage.

– Je refuse de participer à ce jeu stupide ! insistai-je, les bras croisés.

Mais Dante ne m'écoutait plus. Il respira un grand coup, bomba le torse, enfonça son museau dans la boîte et prit une pleine bouchée de tabac, qu'il avala dans un sursaut.

– Voilà : j'ai presque fini.

Il jeta un regard narquois à « ma » boîte, restée fermée :

– Hé, hé, hé ! C'est qui, le plus courageux de nous deux ?

Soudain, quelque chose se produisit dans mon corps. Le Henri chic et bien élevé n'existait plus. Un autre Henri avait pris sa place, et celui-là n'allait pas se laisser insulter par un vieux rat galeux. J'eus la sensation d'être plus fort que jamais. Aurais-je moins de cran que ce Dante de la décharge ?

Je fis trois pas assurés en direction de la table. Je saisis la boîte, l'ouvris, la portai à ma bouche et déversai en une seule fois tout le tabac qu'elle contenait.

Le rat resta interdit. Jamais un avaleur de tabac n'eut l'air aussi abasourdi que lui. Mais alors ma vue se troubla, et Dante ne fut bientôt plus qu'une ombre indistincte devant moi. J'étirai péniblement les lèvres en un sourire fier.

– Lequel de nous deux est une chiffe molle, maintenant ? dis-je avant de m'évanouir.

Chapitre 7

La poubelle parlante

Je me réveillai totalement gelé, le dos meurtri, dans mes vêtements humides. J'ouvris les yeux sur le plancher sale ; Dante s'activait en fredonnant :

– Toi, ici ! Toi, là ! Toi, bienvenue chez moi : voilà ta place…

Sur la table de la cuisine trônait le sac en plastique contenant les objets qu'il venait de ramasser. Il était rempli de piètres trésors, que le rat rangeait l'un après l'autre sur les étagères, chacun à un endroit précis.

– Tous ces trésors sont à moi ! chantonnait-il. Je suis le plus riche du monde ! Je suis bigrement exceptionnel !

Quelque chose m'avait frappé à plusieurs reprises chez Dante : il se réjouissait de l'instant présent, comme si le lendemain n'avait aucune importance. Il buvait du thé tard le soir, par exemple, à l'heure où il aurait dû aller se coucher. Il occupait ses journées à des activités qui n'avaient absolument aucune utilité. Quelle valeur peut bien avoir le temps lorsqu'on vit dans une décharge ?

Pour atteindre l'étagère la plus haute, Dante monta sur la table. Il cala un thermos cabossé parmi un tas de bricoles et redescendit, laissant des traces de pattes verdâtres et puantes à l'endroit précis où j'allais prendre mon petit déjeuner. Je le lui fis remarquer d'un raclement de gorge :

– Hum… hum !

Il se retourna.

– Salut, feignasse ! s'exclama-t-il chaleureusement. Bien dormi ? Tu as roupillé comme un bébé !

– Dante, la table ! grognai-je. Tu es monté dessus.

Il me regarda, puis la table.

– Ah bon ? répondit-il en haussant les épaules.

Puis il continua son rangement :

– Toi, ici. Toi, là…

– On ne marche pas sur les tables avec les pattes sales, enfin ! Tu imagines le nombre de bactéries que tu transportes ?

Dante pouffa :

– Des bactéries ? Est-ce que tu es froussard au point de craindre ces minuscules bestioles ?

Je me levai d'un bond :

– Comment ça, « froussard » ? Qui a gagné le concours ?

– À ton avis ? Regarde ta boîte à tabac…

Je m'approchai de la table et, à ma grande surprise, je découvris que ma boîte n'était pas vide ! Agacé, je saisis le petit tas de tabac resté au fond :

– Qu'est-ce que c'est que ça ?

– Du tabac à chiquer, gazouilla Dante d'un ton indifférent.

– Pas du tout ! Ça, c'est de la triche ! Tu as mis ce tabac après que je me suis évanoui !

Il me dévisagea avec compassion :

– Ce n'est pas bien, ça, Henri : tu ne sais pas reconnaître ta défaite. Tu n'avais pas tout avalé avant de tomber dans les pommes. C'est si difficile à accepter ?

Il leva les pattes, l'air désolé :

– Pas de chance, l'ami. Tu as perdu.

C'est alors que je vis, au poignet de Dante, ma montre en or ! Le sang bouillonna dans mes veines. Ma lèvre supérieure se rétracta, et de la bave coula au coin de ma bouche :

– Grrrr…

Je me jetai sur lui. Il réussit à m'éviter et je m'écroulai sur le fourneau. Je me remis sur pied en un éclair et je fonçai de nouveau :

– Rends-moi ma montre, espèce de rat de malheur !

– Jamais de la vie, je l'ai gagnée !

– C'est faux ! Tu as ajouté du tabac dans ma boîte quand j'ai perdu connaissance !

– Prouve-le !

On se pourchassa dans la petite cabane. Des cartons voltigèrent par-ci, des déchets fusèrent par-là. Je tapai du pied pour tenter d'écraser la queue du rat, mais il était trop rapide. Il finit par ouvrir la porte et se précipita dehors, sous le soleil printanier. Je le suivis. Là, au sommet de la décharge, on se mit à se battre, en crachant et en s'insultant. On roula sur le sol, corps à corps, jusqu'à heurter une poubelle rouillée… qui émit un cri !

Je sursautai. J'échangeai un bref regard avec Dante, puis on fila se cacher au coin de la cabane. Mon visage était trempé de sueur, et mon cœur battait la chamade.

– Tu crois que c'est… tu sais qui ?

Dante hocha la tête, la mine grave :

– Qui d'autre, sinon ?

Il osa s'avancer un peu pour glisser un œil en direction de la poubelle.

– Je vais me faufiler là-bas pour voir ce qui se passe, murmura-t-il.

– Ça va pas, la tête ? Tu vas te faire dévorer, et je vais me retrouver seul avec lui !

– Calme-toi, chuchota le rat. Il ne me verra même pas.

Il trotta discrètement, tandis que je me rongeais les ongles. La poubelle se balança en poussant un grognement plaintif. Je fis de grands signes à Dante :

– Reviens ! Vite !

– La ferme ! m'ordonna-t-il.

Il leva la patte et donna un coup dans la poubelle.

– Aïe ! entendit-on.

– Tu l'énerves ! m'affolai-je.

Mais Dante était intrigué. Il bouscula à nouveau la poubelle, qui fit un tour complet.

– Qu'est-ce que vous nous voulez ? cria-t-il.

Des jurons résonnèrent en réponse, et une tête apparut, poilue et furieuse. Un nez pointu, des oreilles qui pendaient le long de joues molles comme deux biftecks… Je dus me mordre les doigts pour m'empêcher de hurler.

– C'est le monstre ! bredouillai-je. Celui qui rôde autour de la cabane pendant la nuit !

D'un geste brusque, Dante attrapa l'inconnu par le collet pour le sortir de la poubelle.

– Aïe ! se plaignit-il encore.

Il était vêtu d'un pantalon de jogging rouge.

Dante posa les poings sur sa taille et observa la créature d'un air suspicieux :

– Attends un peu… Tu n'es pas un monstre. Tu es un chien !

Je retins mon souffle.

– Mais oui ! m'écriai-je en accourant vers Dante. Bien sûr : c'est un chien !

Le chien s'ébroua. Il portait des lunettes très laides, raccommodées avec du ruban adhésif, et avait une longue barbe.

– Quel sens de l'observation ! déclara-t-il d'un ton narquois. Qui êtes-vous ? Le club des p'tits génies ?

– Peuh ! fis-je. Et toi ? Le dégénéré de la poubelle ?

– C'est vrai, ça ! ajouta Dante. Qui tu es, toi ?

Le chien croisa les pattes :

– Je ne vous le dirai pas. Mon nom ne regarde que moi !

– Peuh ! fis-je à nouveau, faute de trouver mieux. Et que tu aies tenté de me tuer, ça ne regarde que toi aussi, peut-être ?

– Pardon ? s'étonna le chien.

Dante, furieux, enfonça l'une de ses griffes dans le ventre de l'intrus et le menaça :

– Tu errais près de chez moi la nuit dernière, dans l'intention de nous assassiner. N'essaie pas de le nier : Henri t'a vu !

– Chez toi ? ricana le chien en se tournant vers la cabane. Dans ce taudis ?

Hors de lui, le rat roula les yeux :

– Un taudis ? Tu n'as même pas une poubelle pour dormir !

– Eh bien, si, justement, j'ai une poubelle, au cas où tu ne l'aurais pas remarqué.

– Faux ! Car c'est MA poubelle. Elle est sur MON terrain. Et je décide de t'expulser ! Te voilà sans logis !

– Bien fait ! ajoutai-je.

Le chien me lança un regard si glacial qu'il aurait pu me pétrifier. Il avança son museau poilu et fixa mon nœud papillon, mon pantalon en haillons et mes cheveux ébouriffés. Ces quelques secondes me semblèrent durer une éternité.

– Je t'ai à l'œil, me dit-il. Au revoir.

Puis il fit demi-tour et s'éloigna en boitillant. Il avait un corps squelettique ; ses côtes apparaissaient sous son pelage, et sa queue, qui sortait d'un trou dans son pantalon, était aussi fine qu'une baguette.

Dante lui lança une canette de soda qui traînait par terre, mais le chien ne se retourna pas.

– Bon débarras !

Je déglutis péniblement :

– Oui, mais qu'a-t-il voulu dire par…

– On s'en fiche ! Allez, viens, on va casser la croûte. Tu es resté évanoui pendant trois jours, quand même !

– Quoi ? Trois jours ? Je suis resté presque mort sur ton plancher, en plein courant d'air, pendant trois jours, sans que tu réagisses ?

– De quoi tu te plains ? J'ai travaillé, moi ! Il faut bien que quelqu'un bosse, pendant que d'autres s'enfuient et tournent de l'œil au moindre petit concours de tabac à chiquer !

– Rends-moi ma montre.

– On verra, on verra…

Dante me tapota le dos, et on rentra dans la cabane pour prendre le repas.

Chapitre 8

Des dents en or

Chacune de mes tentatives pour récupérer ma montre échoua. Dante l'avait enfermée dans le tiroir du bureau avec ses objets en or, et il gardait la clé sous son bonnet. Parfois, lorsqu'il travaillait dans la décharge, j'essayais de m'approcher discrètement de lui pour le lui arracher. Malheureusement, il avait l'ouïe si fine qu'il m'entendait arriver et filait comme une flèche. D'autres fois, je tentais de me jeter sur lui pendant qu'il préparait du thé, mais il était costaud : il pouvait se battre pendant une matinée entière sans se fatiguer, et c'est toujours moi qui abandonnais le premier.

Une nuit, je restai éveillé sur mon matelas durant plusieurs heures. Quand je fus certain que Dante dormait, je me levai en silence. Je retins ma respiration et avançai le bras en direction du bonnet. Aussitôt, une patte de rat surgit et m'attrapa le poignet.

– Loupé ! dit-il. Tu ne l'auras jamais !

Je soupirai et me rassis :

– Espèce de voleur ! Comment peux-tu être aussi ignoble ?

– J'ai gagné cette montre, se défendit-il en bâillant et en me tournant le dos.

– Mais à quoi va-t-elle te servir ? hurlai-je. Tu te fiches de connaître l'heure !

Dante alluma la petite lampe à pétrole accrochée au mur, puis se glissa à côté de moi :

– Tu veux le savoir ? Tu veux vraiment savoir pourquoi je recherche des objets en or ?

– Euh… oui, répondis-je, un peu surpris.

Je pensais que Dante ne collectionnait les objets en or que pour leur valeur.

Il alla à son bureau, ôta son bonnet et ouvrit le tiroir. Puis il revint avec la montre, le plombage, la boucle d'oreille et la vis – il n'avait toujours pas compris qu'elle était en laiton.

– Tout ça, commença-t-il en gardant les objets loin de moi, deviendra un jour des dents.

– Quoi ?

Dante sourit, laissant apparaître les trois uniques chicots qui peuplaient sa bouche.

– Des dents en or, Henri ! J'en rêve depuis que je suis tout petit ! Tu imagines comme je serai chic !

Je me représentai ce visage galeux orné de deux rangées de dents en or étincelantes : ce serait ridicule ! Seulement, je ne voulais pas blesser Dante.

– Très chic, acquiesçai-je. D'ailleurs, en parlant d'élégance, un peu d'hygiène serait un début…

– Ce que tu peux radoter ! souffla-t-il, excédé.

– Mais tu es sale, Dante ! Tu patauges des heures entières dans la décharge, au milieu de côtes de porc pourries, de cotons-tiges usagés, de slips pas lavés, et tu rapportes toute cette crasse chez nous !

– Euh… ?

– Enfin… chez toi. Mais j'habite ici aussi !

Dante leva les yeux au ciel :

– J'essaie de penser à m'essuyer les pieds avant d'entrer, mais j'oublie à chaque fois ! Je ne suis pas habitué à l'hygiène.

– Beurk ! Tu me dégoûtes !

Je croisai les bras et fixai le mur avec une expression fâchée. Dante posa soigneusement les objets en or dans le tiroir du bureau, puis il s'assit et se mit à bouder aussi, en se tournant vers le mur opposé.

– J'aimerais comprendre pourquoi tu te donnes de si grands airs, dit-il au bout d'un long moment.

– C'est une question d'origines, Dante, d'éducation. Je ne suis pas un gars de la décharge, moi. J'avais un travail, avant…

– Un travail ? Super…

– Oui, en effet. J'étais directeur d'une banque, si tu veux tout savoir.

– Ouh là là, je me prosterne à tes pieds !

– Oui, tu devrais !

Le destin n'avait même pas eu la gentillesse de me jeter dans une décharge où les rats avaient conscience du prestige des directeurs de banque… Je me levai d'un bond :

– J'avais une mallette ! J'étais le plus heureux des hommes ! J'avais atteint le sommet de ma carrière ! LE SOMMET !

– Bon, ça va ! cria Dante. Pourquoi tu n'y es pas resté, alors, au sommet ?

– Parce que je…

Les mots restèrent bloqués dans ma gorge, et je m'effondrai sur le matelas :

– Je suis recherché par la police.

Dante tendit l'oreille :

– Quoi ?

– Je suis innocent ! Je te le jure ! Mais personne ne me croit, et, en ce moment même, tous les policiers du pays doivent être sur ma piste.

– Aïe ! Et de quoi es-tu accusé ?

– De vol. Un matin, il manquait dix millions d'euros dans le coffre-fort de la banque. Mes collègues pensent que j'ai pris l'argent.

J'essuyai une larme sur ma joue :

– Si tu ne veux plus de moi dans ta cabane, je comprendrai. Mais je serais parti depuis bien longtemps si un certain voleur ne détenait pas ma montre…

– Ouah, Henri ! s'exclama Dante en me boxant amicalement l'épaule. Je n'aurais jamais cru ça de toi. Tu as fauché des millions ? Et que s'est-il passé ensuite ? Attends, je vais deviner… Ton complice t'a berné et s'est sauvé avec le butin ? Ha, ha, pas étonnant pour un nul comme toi !

– Puisque je te dis que je suis innocent !

Je lui jetai un regard en coin :

– Après tout… crois ce que tu veux. Rends-moi ma montre, et je m'en vais.

– Ha, ha, ha ! s'esclaffa Dante. Tu ne récupéreras jamais cette montre ! Tu vas rester ici jusqu'à ce que je sois vieux, que je meure, et que…

Il ouvrit grand la bouche, ce qui était épouvantable à voir.

– … que mes dents en or se déchaussent !

Sur ces mots, il se glissa dans son lit à barreaux et chercha une position confortable :

– Bonne nuit, Al Capone[1] !

– N'importe quoi ! grommelai-je avec un léger sourire. En tout cas, j'ai une idée pour résoudre ton problème d'hygiène.

– Ah oui ?

– Tu verras demain. Bonne nuit, sac à puces !

---

1. Al Capone est le plus célèbre gangster américain du XXe siècle.

Je m'endormis rapidement. Dante, lui, resta éveillé pendant de longues heures, terrorisé par des visions de savons, de baignoires fumantes et de crèmes parfumées.

Chapitre 9

L'invention

J'avais décidé d'enseigner l'hygiène à Dante. Et pour cela – quelle chance ! – j'allais enfin réaliser mon rêve d'enfant : inventer quelque chose !

Le lendemain, après le petit déjeuner, Dante sortit comme d'habitude avec un sac en plastique caché sous son bonnet. Dès que la porte fut close, je me mis au travail.

Deux raquettes de tennis tordues traînaient dans une boîte posée par terre. C'est en les voyant que j'avais été frappé par une idée de génie. Mais il fallait d'abord que je trouve des chaussures. Je fouillai l'étagère : impossible de dénicher une paire coordonnée. Il y avait une vieille botte en caoutchouc, une sandalette usée jusqu'à la corde, une bottine sans semelle et un patin à glace à la lame rouillée. J'allais abandonner mes recherches lorsque, soudain, je les vis : cachés derrière un tapis en laine, deux escarpins pointus à talons hauts, recouverts de soie bleu turquoise, à peine abîmés ! Je récupérai ensuite deux ceintures dotées d'une boucle solide, et je m'assis à la table.

Quelle corvée, de fixer des chaussures sur des raquettes ! J'avais beau serrer les ceintures de toutes mes forces, elles glissaient… jusqu'à ce qu'une boucle casse sous la pression. De rage, je jetai les ceintures et réfléchis à un autre moyen : un tube de colle !

Ainsi, le problème fut bientôt résolu. Le cœur battant, je reculai de quelques pas pour admirer mon chef-d'œuvre : des escarpins fixés sur des raquettes.

L'émotion m'envahit, je n'avais jamais éprouvé une telle fierté.

« Ah, si seulement ce bon vieux Thor pouvait voir ça ! » pensai-je, une larme roulant sur ma joue.

Thor et moi n'avions jamais été séparés aussi longtemps. Il devait se sentir terriblement seul dans mon appartement. Nous reverrions-nous un jour ?

À l'heure du thé, j'entendis Dante s'approcher de la cabane en chantant :

– Tu n'veux pas m'embrasser ? Alors, tu n'peux pas rester ! Hey, hey, hey !

La porte s'ouvrit. Dante portait sur le dos son sac plein à craquer.

– Tu n'veux pas m'emb… Tiens ? Qu'est-ce que c'est que ces machins ?

Son regard s'était posé sur ma création, que je tenais dans les mains.

– Des raquettes de décharge ! répondis-je. Je viens de les inventer, elles sont géniales.

Je perçus un léger malaise sur le visage de Dante.

– Des quoi ? demanda-t-il.

– Des raquettes de décharge. Pour éviter que tu t'enfonces dans les détritus. Je veux que tu les chausses à chaque fois que tu sortiras, et que tu les ranges sur l'étagère à chaussures quand tu rentreras.

Dante observa la petite étagère que j'avais fabriquée avec un cageot sur lequel il était écrit : *Anchois*. Il secoua la tête :

– Les chaussures, c'est pas mon truc.

– Mais si !

– Non !

– J'ai travaillé toute la matinée sur cette invention ! Dante, tu ne comprends donc pas ? Grâce aux raquettes de décharge, ma vie va changer ! C'est à ça que je veux me consacrer, désormais : je veux devenir inventeur !

– Les raquettes, ce n'est pas nouveau, rétorqua Dante en se grattant la nuque, embarrassé. Ça existe déjà…

– Les raquettes de neige, oui. Mais personne n'avait jamais pensé aux raquettes de décharge ! S'il te plaît, Dante, tu veux bien les essayer ? Regarde, j'en ai fabriqué une seconde paire pour moi. Je te jure que je les mettrai aussi ; si j'oublie une seule fois, alors tu seras autorisé à ne plus jamais porter les tiennes !

Je désignai mes vieux souliers vernis, auxquels j'avais collé des grilles de réfrigérateur. Puis je joignis les mains en un geste suppliant. À contrecœur, Dante se frotta les pattes et chaussa les raquettes.

– Pff, tu as mis des chaussures de fille ! grommela-t-il.

– Je n'en ai pas trouvé d'autres, me justifiai-je. Mais elles sont parfaites ! La première invention de ma vie !

Dante se regarda dans un miroir fissuré :

– Si tu crois que je vais me balader en ville avec ça, tu rêves !

– En v… ville ? répétai-je, paniqué à l'idée qu'il me laisse seul dans la décharge.

– Ben oui, en ville ! Tu te rends compte à quel point je vais me ridiculiser, là-bas ?

– Mais, Dante, pourquoi veux-tu aller en ville ?

Il se mit à remplir un sac d'objets à moitié réparés.

– Il faut que j'aille au dépôt-vente, expliqua-t-il, pour échanger tout ça contre de l'argent. Nos réserves de nourriture sont presque épuisées.

Je me précipitai à la fenêtre. En contrebas, l'horrible chien surveillait notre cabane à l'aide de jumelles. Il s'était construit un abri avec des cageots et avait posé un carton plat sur ses épaules. Il avait l'air complètement toqué.

– C'est hors de question ! m'écriai-je. Je ne peux pas rester ici, seul avec le chien. Tu as entendu ce qu'il a dit ? Il m'a à l'œil ! Il va me réduire en bouillie !

– Ça m'étonnerait, protesta Dante. Si tu veux mon avis, ce chien n'est qu'un prétentieux. Il n'est pas plus dangereux qu'un moucheron.

– Oh si, il est redoutable ! Ça ne fait aucun doute ! Si tu pars en ville, je serai mort quand tu reviendras, crois-moi !

– Bon, répliqua Dante en me tendant le sac, dans ce cas, tu vas en ville, et je reste ici.

– Quoi ? C'est impossible ! Je suis recherché par la police ! Je vais me faire arrêter si je quitte la décharge.

– Bon, répéta Dante en jetant le sac dans un coin, alors nous allons rester ici, sans manger, et le chien n'aura qu'à défoncer la porte pour nous dévorer avant même que nous soyons morts de faim.

J'avalai péniblement ma salive. Comment trouver une solution à ce problème ? Selon moi, l'idéal aurait été que nous allions en ville ensemble, car Dante aurait pu me protéger des policiers. Je m'apprêtais à lui exposer mon idée quand il sourit avec arrogance :

– Ça doit être pénible, d'être une poule mouillée comme toi, Henri. Je me demande comment tu te débrouillais dans la vie avant de me rencontrer !

Cela me fit immédiatement changer d'avis. Pour rien au monde je n'aurais supplié Dante de m'accompagner et de se battre pour moi !

– Ah oui ? dis-je. Eh bien, c'est moi qui irai en ville – je vais trouver un déguisement. Et ce sera bien fait pour toi si tu es mort à mon retour !

Chapitre 10

Le dépôt-vente

Dante m'accompagna jusqu'au chemin qui menait à la sortie de la décharge. Nous étions trempés de sueur : marcher avec les raquettes n'était pas facile, et le soleil qui se réfléchissait sur les innombrables sacs en plastique nous éblouissait. Au-dessus de nos têtes, des corbeaux poussaient de sinistres croassements.

Je m'étais trouvé un déguisement : j'avais noué une serpillière autour de ma tête et un torchon fleuri autour de ma taille. Dante me donna ses consignes :

– Essaie de tirer un maximum d'argent de ces objets. Ils sont durs en affaires, au dépôt-vente, alors il faut que tu sois intraitable. Et avec l'argent tu achèteras de la nourriture, OK ?

Bientôt, nos pieds foulèrent un tendre gazon sur lequel il restait quelques feuilles tombées à l'automne passé, fines comme du papier de soie. On avança encore, puis Dante pointa une griffe devant lui :

– C'est là.

Au pied de la butte sur laquelle nous nous tenions serpentait un chemin de gravier. Il avait été défoncé par le gel hivernal et était parsemé de petites flaques d'eau boueuse. Dante tendit l'oreille et huma l'air :

– C'est pour bientôt, déclara-t-il.

Aussitôt, un vrombissement retentit au loin. Un autobus rouge, au nez plat et un peu cabossé, surgit de derrière les sapins. Ses essuie-glaces bruyants tentaient de débarrasser le pare-brise des éclaboussures de boue. Au-dessus du chauffeur pendouillait une pancarte affichant un 6 blanc.

Dante héla le bus en faisant des sauts et de larges gestes avec les pattes. Le conducteur arrêta son véhicule sur le bas-côté.

– Ma belle-mère doit se rendre en ville, annonça Dante en me désignant lorsque la porte s'ouvrit. Elle vous paiera au retour.

– Ah oui ? répondit le conducteur, suspicieux. Elle compte aussi me payer pour tous les trajets que tu me dois ?

– Bien sûr…, marmonna Dante en me poussant sur le marchepied.

Dépité, le chauffeur secoua la tête, mais il referma néanmoins la porte derrière moi et appuya sur l'accélérateur.

– Bonne chance ! me lança Dante à travers la vitre poussiéreuse.

Il exécuta quelques pas de danse avec ses raquettes et agita la patte, tandis que je me dirigeais vers un avenir incertain…

Arrivé en ville, j'abaissai le fichu sur mon front. J'étais en milieu hostile, seul, l'estomac noué par le trac. Une main tenant fermement le sac rempli des trouvailles de Dante, l'autre agrippée à ma jupe à fleurs de fortune, je descendis la rue principale.

Ce fut une agréable promenade. Jamais auparavant je ne m'étais senti aussi invisible. Les passants semblaient regarder à travers mon corps, comme si je n'existais pas – mes raquettes claquant sur le trottoir n'étaient pourtant pas discrètes.

« Voilà ce que c'est d'être habillé en guenilles, pensai-je. Voilà ce que c'est d'être mal rasé, sale et puant. On n'attire pas l'attention, bien au contraire. On disparaît. »

Le dépôt-vente était un endroit triste et sombre. Lorsque j'entrai, une sonnette résonna faiblement. Les murs étaient couverts de rayonnages débordants d'objets. Une vieille soupière coûtait cinq euros. Une broche en ivoire représentant un joli visage était vendue dix euros. Un accordéon poussiéreux était oublié dans un coin, et trois pots de chambre étaient suspendus à un crochet.

L'employé, un gros bonhomme, était assis sur un tabouret haut derrière le comptoir. La pipe qu'il fumait l'enveloppait d'un épais brouillard. Il portait un pull rouge taché de sauce, et il secouait la tête face à un client qui essayait de lui faire accepter un objet.

– Si on ne peut pas l'ouvrir, ça ne vaut rien, disait le bonhomme d'un ton las. C'est clair, non ?

– Allez ! Pour cinq euros ou n'importe quoi en échange ! suppliait le client.

Il jeta une mallette sur le comptoir et se mit à sangloter :

– J'accepterai n'importe quoi ! *Bouuuuuuh !*

Je n'en croyais pas mes yeux : c'était ma mallette ! Et le client n'était autre que le sale type qui m'avait bousculé, celui qui me l'avait volée ! Il tapa sur la mallette en hurlant :

– Deux euros ! Ou même un ! Allez, soyez sympa !

– Vous n'aurez rien : cette mallette est invendable ! De quoi aurais-je l'air si je proposais une mallette verrouillée ? Je ne fais pas dans le commerce des objets volés, monsieur La Crasse.

– Mais, insista l'autre, tout le monde s'en fiche ! Je l'ai prise à un sale type habillé en costume. Ça fait longtemps qu'il l'a oubliée, sa mallette ! À l'heure qu'il est, il doit être assis derrière un bureau, à compter de grosses liasses de billets !

Il frappa dans ses mains et poursuivit :

– Alors que moi…

– Cette mallette m'appartient ! intervins-je.

J'avais parlé si fort que la lampe au plafond avait vibré. La Crasse se retourna brusquement. Je croisai les bras et pinçai les lèvres :

– Tu me reconnais, n'est-ce pas ? Je vais reprendre ma mallette, puisque tu viens d'avouer que tu me l'as volée. Et j'ai un témoin !

La Crasse me scruta de ses yeux vicieux : la serpillière, le torchon, puis mon visage crasseux.

– Oh, l'ami..., bredouilla-t-il. Tu es sur une mauvaise pente, on dirait. Comment tu vas ?

– Bien, merci ! fulminai-je. Je me suis juste déguisé. Je vais... euh... à un carnaval. La mallette, s'il te plaît !

La Crasse hésita.

– Qu'est-ce que tu me donnes en échange ? demanda-t-il finalement en lorgnant mon sac en plastique.

– Mon poing entre tes deux yeux : voilà ce que tu auras, espèce de malfrat !

Cela ne l'impressionna pas. Il serra la mallette contre son torse :

– Donne-moi quelque chose, sinon tu peux oublier la mallette.

Je jetai un œil vers le comptoir : le bonhomme du dépôt-vente n'allait-il pas prendre ma défense ? Mais il s'en contrefichait ; il avait ouvert un journal et s'y intéressait bien plus qu'à nous.

Fou de rage, je fouillai dans le sac et brandis une fourchette, dont l'une des branches était tordue :

– Voilà.

La Crasse prit la fourchette et l'observa attentivement. Puis il mordit dans le manche, comme un expert.

– Elle est en argent, précisai-je en croisant discrètement les doigts derrière mon dos.

– Ah bon ? fit-il en passant la langue sur ses lèvres. Il m'en faut plus. La mallette vaut plus que cette fourchette en argent.

Je soupirai, puis proposai une boîte en verre dont l'intérieur était matelassé. Elle contenait cinq papillons épinglés. La Crasse s'empara de l'écrin avec précaution. Il examina les insectes et secoua la boîte pour voir s'ils allaient s'envoler. De nouveau, il s'humecta les lèvres.

– Non, déclara-t-il. Je veux encore autre chose. Sinon je ne te rends pas la mallette.

Je sortis une goutte en plastique étincelante. Elle avait jadis décoré une boucle d'oreille, mais l'attache avait été perdue.

« Il va falloir ruser », pensai-je.

Feignant une erreur, je remis précipitamment le bijou dans le sac.

– Ça ! s'écria La Crasse. Je veux ça !

– Cette goutte en cristal ? Non : tout sauf ça !

La Crasse tendit la main avec intransigeance.

– Le cristal, insista-t-il froidement. Sinon, pas de mallette.

J'affichai un air faussement triste et lui donnai la breloque en plastique.

– Ha, ha ! se réjouit-il en me rendant ma mallette. Merci, gros nul !

Cette mallette était vraiment magique : le simple fait de l'avoir à la main me fit bomber le torse et redresser le dos. J'eus soudain l'impression d'être propre.

Le bonhomme du dépôt-vente referma son journal lorsque je posai la mallette sur le comptoir en disant d'un ton assuré :

– Faisons affaire, maintenant !

Je négociai avec brio. Parfois, je saisissais la mallette et faisais mine de quitter les lieux, et l'employé cédait : il augmentait son offre. Je lui vendis des caleçons en laine, de vieux clous, des boîtes à biscuits, des brosses à dents, des crampons de football et une carafe fêlée. Enfin, comme si plus rien ne pouvait m'arrêter, je réussis même à lui vendre le sac en plastique vide.

J'avais empoché une grosse somme d'argent. La Crasse se précipita à son tour au comptoir, et je l'entendis hurler :

– Qu'est-ce que vous me donnez pour ça ?

– Pas un centime, répondit le bonhomme en détournant les yeux du bijou en plastique.

Je sortis du dépôt-vente en ricanant.

Au coin de la rue, je m'engouffrai dans une épicerie. J'achetai du fromage, du saucisson, du pain, du thé et du beurre, ainsi que huit sachets de bonbons à la fraise. J'avais les bras chargés d'un gros carton ; Dante allait être impressionné.

J'avançais en direction de l'arrêt de bus quand je fus submergé par un sentiment doux comme une gorgée de chocolat chaud : la nostalgie. Mon appartement se situait non loin de là, et Thor m'y attendait.

« Je pourrais y faire un saut, pensai-je. Ça ne me prendrait qu'un quart d'heure… »

J'imaginais déjà la mine ébahie de Thor lorsqu'il me verrait.

Et si les policiers se trouvaient sur les lieux ? S'ils me tendaient une embuscade, avec matraques et menottes, prêts à se jeter sur moi ?

« Il me suffit de rester prudent, me rassurai-je en tournant les talons. Je m'arrêterai à chaque coin de rue pour guetter… »

Les jambes tremblantes, j'avançai vers mon quartier. Le carton mollissait entre mes mains moites. J'arrivai au pied de mon immeuble. Mon cœur battait si fort qu'il me faisait mal. Tout semblait normal.

Pas de policier en faction. Je me faufilai dans le hall d'entrée et grimpai les marches quatre à quatre jusqu'au troisième étage.

« Thor, mon cher Thor, j'arrive ! »

Il y avait quelqu'un devant ma porte. Le bras enfoncé dans la fente de la boîte aux lettres, il cherchait à atteindre le verrou à l'intérieur. Un homme en imperméable noir.

Je me préparais à filer en catimini lorsque l'inconnu tourna la tête. Le temps sembla alors s'arrêter.

C'était Lusidor. Il avait les yeux cernés, le teint blême, les joues creusées. Il portait la barbe, une barbe hirsute. Son regard était vide et froid comme la pierre. Mais, à l'instant où il me reconnut, son visage s'illumina. Il me fixa, l'air de ne pas en croire ses yeux. On se dévisagea l'un l'autre pendant quelques secondes, puis sa bouche se déforma en un sourire haineux et il s'élança vers moi :

– Toi !

Je me ruai dans l'escalier.

– Stop ! rugit Lusidor en me prenant en chasse.

Je franchis le seuil de l'immeuble et pris mes jambes à mon cou en direction de l'arrêt de bus. Derrière moi, Lusidor beuglait :

– Arrête-toi, je te dis !

Le bus numéro 6 allait partir.

– J'espère que tu as de l'argent, cette fois-ci…, commença le chauffeur.

Il n'eut pas le temps d'en dire plus ; je lui jetai cinq billets de dix euros sur les genoux en ordonnant, le souffle court :

– À la décharge, tout de suite !

Le conducteur obéit. Il ferma la porte et actionna le clignotant. Lusidor nous avait rattrapés. Il tambourinait contre le bus en hurlant :

– Ouvrez ! Ouvrez vite !

Le chauffeur secoua la tête :

– C'est sans arrêt jusqu'à la décharge !

On se glissa dans la circulation, et j'entendis les cris injurieux de Lusidor derrière nous.

Il me fallut un peu de temps pour retrouver mes esprits. Dans ma tête, les pensées fusaient. Lusidor n'était pas parti aux Bahamas. Pourquoi ? Pour quelle raison avait-il réagi ainsi en me voyant ? Avait-il décidé de rester chez lui en apprenant la nouvelle du vol à la banque ? Envisageait-il de consacrer sa retraite à traquer le coupable potentiel – c'est-à-dire moi ?

Je n'avais pas l'intention de le laisser faire. J'avais une poche remplie d'argent, un carton plein de bonbons à la fraise, et une petite cabane m'attendait au milieu de nulle part, loin des ennuis. Dans une décharge, là où aucun homme raisonnable ne met jamais les pieds.

Chapitre 11

Du fil à retordre

En arrivant à la décharge, je trouvai Dante rongé d'inquiétude.

– Comment ça s'est passé ? demanda-t-il en se précipitant vers moi.

Je déposai mes raquettes sur l'étagère à chaussures, et la vision de notre logis me réjouit tant que je m'offris un bonbon à la fraise.

– J'ai dû me dépêcher, racontai-je, mais je m'en suis sorti.

– Ah oui ?

Dante me regarda avec admiration :

– Tu as acheté des bonbons ?

Je hochai la tête en en dégustant un deuxième :

– Sers-toi si tu en veux. Ils sont dans le carton.

Dante ouvrit le carton avec frénésie et, les yeux écarquillés, passa son contenu en revue :

– C'est génial, Henri ! Comment as-tu…

– Disons que j'ai du flair pour les affaires, gloussai-je. Et ici, que s'est-il passé ?

Dante resta muet.

– Eh bien, réponds ! Que s'est-il passé ?

Je compris alors le silence de Dante. Quelque chose avait capté son attention : la mallette. De la bave se mit à couler le long de son menton poilu.

– Hé…, bredouilla-t-il. De *l'ooooooor*…

Je saisis aussitôt la mallette par sa poignée en ébène :

– En effet, oui, c'est de l'or. MON or.

Dante sembla émerger d'un rêve agréable. Il me fixa, les yeux embués, puis observa les deux serrures de la mallette, en or vingt-quatre carats. En sifflotant, je cachai la mallette sous mon oreiller, m'allongeai sur mon matelas et poussai un soupir de satisfaction.

Dante accourut et insista :

– Où tu l'as trouvée ? Tu l'as échangée contre mes affaires au dépôt-vente ? Dans ce cas, elle m'appartient aussi…

– Non, vieux rat, je ne l'ai pas échangée.

Je m'accordais ce petit mensonge, car, après tout, Dante avait triché au concours de tabac à chiquer.

– Cette mallette est à moi. J'ai croisé un vieil ami qui me l'avait empruntée et qui me l'a rendue. Compris ?

Dante alla ranger les courses en traînant les pattes. De temps à autre, il jetait un regard triste à la mallette. Finalement, il revint vers moi et s'agenouilla.

– Tu sais bien que je cherche de l'or pour une bonne cause ! pleurnicha-t-il.

– Tu parles de ton ravalement de façade personnel ? Alors, il va te falloir bien plus que quelques grammes d'or pour faire la différence ! Autant t'acheter tout de suite une nouvelle tête !

Du revers de la patte, Dante essuya une larme. Puis il acquiesça en reniflant et retourna vers le carton.

Je me levai, terrassé par la mauvaise conscience :

– Euh… je ne voulais pas dire ça. Enfin… C'est seulement que… tu es bien comme tu es !

Dante secoua la tête, l'air trop accablé pour avoir le courage de se disputer.

– C'est ça…, murmura-t-il.

– Si je t'ai fait de la peine, continuai-je, ce n'était pas mon intention. C'était de l'humour…

– Oui, oui, ça va.

Je me rongeai les ongles en observant ce petit rat, moche et gentil, déballer le saucisson, le fromage et le pain. Enfin, je me décidai :

– Tu sais quoi ? Je n'ai jamais aimé cette mallette. Tu la veux ?

Comme Dante aurait voulu avoir le cran de refuser ! Pendant quelques secondes, concentré sur le carton, il ne tourna pas la tête vers moi. Puis ce fut plus fort que lui : il se rua sur la mallette, lorgna les serrures, déglutit avidement et frotta ses pattes sur son ventre.

– Oui, merci, répondit-il en s'emparant prudemment de l'objet.

Je me rallongeai sur le matelas. Ce que la vie est étrange, parfois : si compliquée un instant, et simple et délicieuse l'instant d'après !

– Bien ! m'exclamai-je. Me voilà débarrassé de cette mallette, qui ne m'a causé que des ennuis !

Dante tripota les serrures.

– C'est quoi, le code ? demanda-t-il.

Je fouillai la poche de mon pantalon ; la notice y était encore.

– 444.

Je me souvins alors avoir pensé que 444 était mon numéro porte-bonheur. Si je doutais maintenant que posséder une mallette Delux suffise au bonheur, Dante, lui, avait retrouvé son enthousiasme. Il tourna les molettes et conclut :

– La combinaison ne fonctionne pas. Les serrures doivent être bloquées. Tant pis, je vais employer les grands moyens.

Dans le bureau, il dénicha une tenaille et il tira de toutes ses forces sur les serrures. Je mâchouillais un bonbon en laissant Dante se débrouiller. J'avais le pressentiment que cette mallette allait lui donner du fil à retordre…

Une heure plus tard, Dante avait troqué la tenaille contre un marteau et un burin. *Cling, cling, cling !* Des mouchoirs en papier fourrés dans les oreilles, je dévorais mon deuxième paquet de bonbons.

Au bout de trois heures – j'en étais à mon cinquième paquet de bonbons –, Dante, les yeux injectés de sang, frottait les serrures avec une grande lime.

Le soir, tous ces bonbons avaient fini par me donner la nausée. Le rat, lui, luttait encore avec la mallette.

– Ça ne marche pas, Dante, marmonnai-je en laissant échapper un rot acide et dégoûtant. Laisse tomber.

Dante se leva, les pattes tremblotantes.

– Il faut que je l'ouvre ! gronda-t-il. Je vais aller chercher du matériel dehors.

Il soupira, chaussa les raquettes et claqua la porte derrière lui. J'en fis de même – sans réussir à nouer mes lacets, car j'étais si patraque que je voyais double.

Dehors, Dante s'empara de sa tronçonneuse et la démarra. Sûr de lui, il fit le V de la victoire avec deux doigts, tandis que je restais adossé au mur de la cabane. Enfin, il s'attaqua aux serrures de la mallette. *Vrouuuuuum !* Hélas, la chaîne de la tronçonneuse s'échappa soudain de la machine. Elle effectua une douzaine de vrilles en l'air et s'écrasa sur le sol dans un bruit sourd. Dante se laissa tomber sur les genoux et éclata en sanglots.

Le monde se mit alors à vaciller devant mes yeux. Je me balançais de droite à gauche et d'avant en arrière. J'avais la sensation qu'un volcan s'était réveillé dans mon estomac. Les huit paquets de bonbons à la fraise remontèrent dans mon gosier et giclèrent à mes pieds en une flaque grumeleuse. Dante accourut et me guida dans la cabane.

– Quelle mauviette ! dit-il en souriant. Vomir à cause de quelques bonbons…

J'avais si mal au cœur que je poussais de petits gémissements. Convaincu que ma dernière heure était arrivée, je tenais à dire quelque chose de gentil à Dante.

– Tu es quelqu'un d'honnête, marmonnai-je. Avec toi, on sait à quoi s'attendre, tu ne joues pas la comédie. Aucun de mes anciens amis ne m'adresse plus la parole, et c'est tant mieux. Tant mieux ! Je n'ai jamais été aussi heureux qu'en ce moment. Ça, c'est la vraie vie…

Je ne me rappelle pas la suite. Je me souviens juste que Dante me tamponna le front avec un chiffon mouillé avant de se mettre au lit. Il poussa un long soupir bienheureux, comme s'il venait de manger un beignet à la crème.

Chapitre 12

Le cambriolage

Cette nuit-là, un bruit étrange me réveilla. Je restai allongé, pensant avoir fait un cauchemar, mais le bruit résonna de nouveau. Je levai la tête :

– Dante ?

Aussitôt, le silence retomba. À travers les barreaux de son lit, je distinguais le petit corps du rat profondément endormi. Je restai attentif. Rien. Je me recouchai. Alors, j'entendis des pas feutrés se diriger vers la porte. Je m'assis brusquement sur mon matelas :

– Il y a quelqu'un ?

Silence. Je bondis pour secouer Dante.

– Réveille-toi, murmurai-je.

Il continua à ronfler. Sans hésiter, je lui donnai une grosse claque dans le dos, le genre qui laisse une trace rouge. Le rat se redressa d'un coup en poussant un cri :

– Aïe !

Dans l'obscurité s'éleva un vacarme assourdissant : quelqu'un tomba, la table de la cuisine se renversa…

– C'est un cambriolage ! hurla Dante. Allume ! Vite !

– Allumer quoi ?

– Je ne sais pas, moi ! La lampe, par exemple ! rugit Dante.

Il sauta de son lit. Je me protégeai la tête de mes bras, tandis que Dante me piétinait pour atteindre la lampe à pétrole. Il l'alluma et la plaça sous son menton. Sa tête apparut, fantomatique. Sous cette lumière, il avait l'air d'un horrible monstre poilu…

L'intrus hurla d'épouvante, se jeta vers la porte et disparut dans la nuit.

– Rattrapons-le ! On va lui faire la peau !

Dante et moi nous ruâmes dehors – en trébuchant un peu pour ma part, car je m'étais endormi avec mes raquettes aux pieds. *BOUM !* En une seconde, nous avions immobilisé l'intrus, qui n'était autre… que le chien au pantalon de jogging rouge ! Il avait un pied-de-biche dans la patte, et son corps était trempé de sueur.

– Ha, ha ! s'exclama Dante, qui le tenait fermement par la taille. Nous avons maintenant la preuve que tu es malintentionné ! Rends-nous ce que tu nous as volé !

Le chien se dégagea de l'emprise du rat. Il roula les yeux, rabattit ses oreilles sur sa gueule, sa langue violacée pendouillant entre ses crocs.

– Je n'ai rien volé ! aboya-t-il. Je vous le jure !

– Menteur ! répliqua Dante. Qu'est-ce que tu fabriques avec un pied-de-biche si tu n'es pas venu pour nous cambrioler ?

Avec un mouvement du menton, il m'ordonna :

– Va chercher mon pistolet !

– Mais… tu n'as pas de pistolet, répondis-je bêtement – je n'avais pas compris que Dante avait inventé cela pour effrayer le chien.

Le rat leva les yeux au ciel et s'adressa à nouveau au chien :

– Montre tes pattes !

Le chien avança sa patte droite.

– Les deux ! postillonna Dante.

Le chien soupira et tendit la patte gauche. Le rat les saisit et inspecta chaque millimètre de leurs coussinets boueux. Puis, froidement, il exigea :

– Enlève ton pantalon !

– Certainement pas ! protesta le chien. Je ne me déshabille jamais devant des inconnus, surtout pas quand il s'agit d'un rat pouilleux et de son imbécile d'animal domestique !

– Animal domestique ? relevai-je, choqué. Eh bien, on va voir si tu n'enlèves pas ton pantalon !

À ces mots, je me jetai sur lui et attrapai les jambes de son jogging miteux pour les tirer vers le bas. Le chien s'accrocha à sa ceinture en gémissant :

– Arrête ça ! Je t'aurai prévenu !

Dante, lui, était hilare :

– Voilà ce qui arrive quand on cambriole les gens… Tu fais moins le malin, hein ?

Alors, sans prévenir, le chien m'envoya en plein visage un coup de patte qui me projeta en arrière. Je sentis un liquide chaud dégouliner sur mes lèvres :

– Je saigne du nez !

Le chien, tel un boxeur, s'était mis en position de défense : il sautillait d'avant en arrière, les poings serrés.

– Tu veux encore goûter à mes uppercuts ? me provoqua-t-il. Eh bien, viens !

Dante le toisa et déglutit péniblement.

– Va-t'en, grogna-t-il. Et, si je te revois sur ma propriété, tu le regretteras toute ta vie !

Le chien remonta son pantalon, s'empara de son pied-de-biche et partit en claudiquant. Au bout de quelques pas, il s'arrêta pour ramasser quelque chose sur le sol.

– À quoi vous sert cette mallette ? demanda-t-il.

Dante sursauta. La veille, à cause de mes nausées, nous avions totalement oublié la mallette. Elle était restée dehors, devant la cabane.

– Donne-moi cette mallette ! rugit Dante.

– Qu'est-ce qu'elle contient ? insista le chien.

– Ou-blie-ça-si-tu-tiens-à-ta-peau, articula Dante, menaçant.

Il attrapa la mallette et tira de toutes ses forces. Quand il eut réussi à la reprendre, le chien lui adressa un long regard suspicieux. Puis, sans ajouter un mot, il descendit la colline.

Dante revint aussitôt vers moi. Mon nez me faisait tant souffrir que je geignais et reniflais. Je me sentais aussi faible qu'un moineau.

– T'as de la chance que je ne prévienne pas la police ! hurla Dante à l'adresse du chien qui était déjà hors de vue.

Un quart d'heure plus tard, mon nez était enroulé dans un bandage. Dante examinait chaque recoin de la cabane, les sens en éveil. Enfin, il secoua la tête et conclut :

– Il ne manque rien. Le chien n'a pas eu le temps de voler quoi que ce soit. Pas cette fois.

Il retira son bonnet pour prendre la clé du bureau et rangea la mallette dans le grand tiroir, qu'il referma et verrouilla à double tour. Puis il croisa les bras avec l'air d'un cow-boy encerclé par ses ennemis.

– Je me méfie de ce cabot, Henri, ajouta-t-il. Je ne serais pas étonné s'il revenait. Nous avons intérêt à nous tenir sur nos gardes et à prévoir… un plan d'action.

Chapitre 13

Branle-bas de combat !

– Mais pourquoi nous en veut-il à ce point ? demandai-je le lendemain, d'un ton désespéré. Qu'est-ce que nous lui avons fait pour qu'il soit tellement en colère ?

Dante secoua lentement la tête :

– À mon avis, il cherche à se venger parce que nous l'avons expulsé de la poubelle…

– TU l'as expulsé, rectifiai-je.

– S'il veut la guerre, il l'aura…, maugréa Dante sans relever ma remarque. Branle-bas de combat !

À partir de maintenant, nous sommes en état de siège !

Pendant plusieurs jours, Dante et moi mîmes au point diverses inventions destinées à empêcher le chien d'entrer chez nous. On travailla dur, réjouis de trouver des idées plus ingénieuses les unes que les autres. J'imaginais déjà l'entreprise que nous pourrions fonder ensemble : *H & D Inventions*. Notre société serait mondialement connue ; elle commercialiserait nos plus formidables inventions, comme les raquettes de décharge ou ce piège qui faisait *clingeling !* si quelqu'un approchait de la cabane. Notre slogan pourrait être : *Vous avez vu des rôdeurs près de votre propriété ? Appelez-nous !* On condamna les fenêtres avec des planches. On tendit des lignes de pêche autour de la cabane, auxquelles on accrocha des grelots, des petites cuillères et des couvercles de marmites.

Au début, Dante oubliait régulièrement l'existence de ces installations. Je faisais la vaisselle, par exemple, quand le piège m'alertait de la présence d'un intrus. Je sortais en trombe… pour trouver le rat, fou de rage, emberlificoté dans les fils de pêche, des petites cuillères pendues aux oreilles. Ensuite, cela prenait des heures pour le libérer. Heureusement, il finit par s'habituer à la présence de nos pièges et par les éviter soigneusement.

Celui à l'entrée de la cabane nous plaisait particulièrement. Nous avions attaché une corde à la poignée de la porte, qui remontait vers le plafond, puis courait le long d'une poutre en passant par un anneau de rideau suspendu à un clou. Tout en haut, la corde tenait le lit à barreaux de Dante, suspendu à l'envers. Le fonctionnement était simple : lorsque l'ennemi – l'horrible chien – voudrait entrer, il appuierait sur la poignée de la porte. Cela actionnerait le mécanisme, jusqu'à ce que la corde lâche, faisant tomber le lit sur l'intrus !

En mettant ce piège au point, j'avais d'ailleurs commis une grave erreur… Dante était occupé à nouer la corde autour du lit.

– Il nous faut une rallonge, avait-il dit. C'est trop court.

J'étais aussitôt sorti dans la chaleur printanière et j'avais couru à droite et à gauche à la recherche d'une autre corde. Apercevant enfin un large cordon bleu qui dépassait d'une poubelle, je m'en étais emparé et, gai comme un pinson, j'avais rejoint la cabane. Mais, quand j'avais franchi le seuil, Dante m'attendait, les bras croisés, un sourire narquois sur les lèvres.

– Ha, ha ! s'exclama-t-il en me montrant du doigt.

– Quoi ?

– Tes raquettes. Tu les as oubliées.

Je regardai mes pieds : en effet, ils étaient nus !

– Si je me souviens bien, tu m'avais dit que, si tu sortais une fois sans tes raquettes, je n'aurais plus besoin de porter les miennes…

– Oh, non ! me lamentai-je en me frappant le front. Ce que je suis bête, bête, bête !

Dante me donna une tape dans le dos :

– Allez, l'ami, ne sois pas si dur avec toi-même. Vois plutôt ça comme… une évolution naturelle.

– Comment ça ?

– Eh bien, c'est agréable, de marcher pieds nus, non ?

J'agitai les orteils, puis sortis faire quelques pas devant la cabane.

– Alors, me demanda Dante, tu ne ressens pas un doux frisson de liberté ? Tu n'avais jamais marché pieds nus ?

– Pas que je me souvienne…

Dante avait raison. Marcher pieds nus était aussi agréable que de siroter une limonade.

– Oui, je suis d'accord avec toi. Je crois que je préfère ne plus porter de chaussures. Après tout, on n'a qu'une vie ! Alors, il faut se faire plaisir ! Et puis, personne ici ne me regardera de travers sous prétexte que je n'ai rien aux pieds !

Dante éclata de rire et se frotta le ventre d'un air satisfait :

– Hé, hé ! On a la belle vie, toi et moi !

Sur ces paroles, nous nous remîmes à l'ouvrage.

Lorsque le piège de l'entrée fut prêt, on se sentit en sécurité dans la cabane. Il nous semblait que plus rien ne pouvait nous arriver, nous étions libérés de tous nos soucis. Le soir, nous buvions du thé en papotant pendant des heures. Parfois, on se chamaillait, mais ni l'un ni l'autre ne pensait plus au lendemain.

Un dimanche, on sortit admirer le coucher du soleil. La vue depuis le sommet de la colline était dégagée. Partout à l'horizon s'élevaient de jolies vagues de déchets, derrière lesquelles l'immense disque rouge se cachait petit à petit, baignant le décor d'une chaude lumière. Au pied de la colline montait la fumée d'un feu de camp.

– C'est le cabot, maugréai-je.

– Humm, acquiesça Dante.

– Si seulement il était moins prétentieux !

– C'est bien vrai…

– Nous l'aurions laissé vivre dans la poubelle.

– Absolument.

– Mais tant pis pour lui.

– Oui, tant pis pour lui.

– Et s'il s'imagine qu'il nous fait peur…

– Certainement pas !

Les doigts de pied en éventail, on contempla le soleil jusqu'à ce qu'il disparaisse. Puis on rentra se coucher.

– Essaie de ne pas prendre toute la place, me dit Dante en enclenchant le piège de l'entrée. La nuit dernière, je me suis réveillé deux fois par terre.

Je hochai la tête.

Le piège de l'entrée nous avait certes apporté la sécurité, mais il avait privé Dante de son lit. Nous étions donc obligés de partager mon matelas. Ça ne me dérangeait pas ; en fait, je trouvais ça plutôt agréable. Lorsque le danger rôde en jogging, il est réconfortant d'avoir un ami à ses côtés quand il fait noir…

Chapitre 14

De la visite...

La précieuse mallette était restée enfermée dans le tiroir du bureau. Parfois Dante la sortait et il admirait ses serrures en soupirant.

– Oublie, lui dis-je un jour au déjeuner. Tu n'arriveras jamais à débloquer ces serrures.

Dante rangea la mallette, accablé, puis il se rassit à table et se prépara un sandwich.

– J'ai toujours rêvé d'avoir des dents en or, alors j'aurai des dents en or. Je finirai bien par ouvrir ces fichues serrures, crois-moi…

À peine avait-il mordu dans son sandwich qu'il émit un petit cri plaintif. D'un geste furieux, il fourra la main dans son morceau de pain et en retira une quenotte noire, qu'il balança dans la pièce :

– Arrrgh !

– Tu ne manges pas assez de calcium, commentai-je. Nous allons acheter du lait. Et – tu vas encore penser que je suis maniaque, mais bon… – tu ne voudrais pas essayer de te brosser les dents de temps en temps ?

– Tu ne comprends rien ! lâcha Dante. Si je veux des dents en or, c'est justement pour éviter de me les brosser !

– Si tu n'as plus une seule dent, tu n'auras pas besoin de les brosser non plus, répliquai-je.

Cette remarque fit bondir Dante. Il monta sur la table et s'agita comme un comédien en train de réciter un monologue :

– Ça te ferait plaisir, hein, de me voir manger de la purée tous les jours ? Autant me tirer une balle dans le crâne ! Moi, Dante de la décharge, je jure que jamais, au grand jamais, je n'avalerai de purée !

Il redescendit de la table et se planta face à moi, la bouche grande ouverte :

– De quoi j'ai l'air ?

– Humm…

– Eh bien, réponds ! De quoi j'ai l'air ? Je suis beau ?

– Oui, oui, j'aime bien ton apparence physique…

– Toi, d'accord… Mais, objectivement, est-ce que je suis beau ?

Je soupirai, mal à l'aise, et détournai le regard.

– Réponds ! cria Dante. DE QUOI J'AI L'AIR ?

– En fait… on dirait qu'un bâton de dynamite a explosé dans ta bouche, mais, moi, je te trouve plutôt pas mal.

Dante déglutit bruyamment, les yeux hagards.

– Dante, protestai-je, c'est toi qui m'as demandé… Tu n'es pas de nouveau contrarié, dis ?

Il cligna plusieurs fois des paupières, puis, lentement, très lentement, ses lèvres se mirent à bouger jusqu'à dessiner un grand sourire baveux.

– Hé, hé, hé ! gloussa-t-il. De la dynamite ! C'est exactement ça !

Sur ces mots, il dénicha un sac en plastique, puis il parcourut les étagères et fourra un tas d'objets dedans.

– On a encore besoin de ça ? me demanda-t-il en me montrant sa paire de raquettes de décharge.

– Non, mais qu'est-ce que tu comptes en faire ?

– Je vais au dépôt-vente. Je viens d'avoir l'idée la plus brillante du siècle.

Lorsque le sac fut plein, Dante rajusta son bonnet :

– Allez, je file. À mon retour, attends-toi à une explosion de tous les diables ! Je vais enfin faire sauter ces serrures… *BAOUM !*

Un peu inquiet, je lui demandai :

– Tu vas en avoir pour longtemps ? Tu seras rentré avant la nuit ?

– Oh, oui ! m'assura-t-il. Je serai rentré avant même que tu te sois aperçu de mon absence !

– Parfait, à tout à l'heure !

Dante quitta la cabane en se trémoussant gaiement. Entre deux planches clouées sur la fenêtre, je le vis disparaître dans la décharge. Puis je me mis à la vaisselle.

J'étais en train de frotter des traces de thé sur le rebord d'une boîte de conserve qui nous servait de tasse, quand un tintement résonna au-dehors. *Clingeling !* Quelqu'un avait franchi l'une de nos lignes de défense. Je tendis l'oreille, immobile. J'entendis l'intrus frôler la cabane à pas de loup. Bientôt, la poignée de la porte s'abaisserait... Le piège de l'entrée ! J'avais oublié de l'enclencher !

Vite, je bondis vers la corde et hissai le lit vers le plafond.

« Dante, pourquoi es-tu parti ? » songeai-je avec angoisse.

Je craignais de ne jamais le revoir… J'imaginais déjà la scène : Dante rentrerait de la ville et me trouverait, étendu sur le sol et sanguinolent, au milieu de traces de pattes de chien rouges. Le mobilier serait sens dessus dessous, et sur le mur seraient griffonnés les mots suivants : *Ça, c'est pour la poubelle.*

Enfin, le lit à barreaux fut suspendu au-dessus de l'entrée. Je m'apprêtais à entortiller la corde autour de la poignée quand la porte s'ouvrit.

– Non !

Dans la panique, je lâchai la corde pour retenir le battant. Le lit tomba avec fracas… J'étais pris à mon propre piège !

L'instant suivant, un individu apparaissait sur le seuil. Il était pâle et fatigué, et avait le nez pointu… C'était Lusidor !

Il jeta des regards farouches autour de lui :

– Henri ? Tu es seul ?

Je déglutis avec peine :

– Oui.

– Et l'effroyable monstre ? demanda-t-il. Il est parti ?

– Quel monstre ? Dante ? Il est en ville.

Lusidor sembla aussitôt prendre de l'assurance. Il pénétra dans la cabane :

– Alors, le monstre t'enferme dans une cage lorsqu'il sort…

– Mais non ! Ce n'est pas du tout ça ! Et d'abord, comment connais-tu l'existence de Dante ?

Lusidor rit avec indifférence :

– Oh… Je suis dans les parages depuis quelque temps. Mais je n'ai pas encore pu faire ce que je voulais, car, l'autre nuit, vous vous êtes réveillés, ton monstre et toi.

– C'est toi qui nous as cambriolés ? soufflai-je. Nous pensions que c'était le chien !

– Je ne vous ai pas vraiment cambriolés, répondit Lusidor. En fait, je venais récupérer quelque chose. Tu ne vois pas d'inconvénient à ce que je finisse ce que j'ai commencé, n'est-ce pas ? Suis-je bête ! De toute façon, tu es enfermé !

Sur ces mots, il se mit à fouiller partout, sur les étagères, le sol, sous le matelas. Rapidement, il parut perdre patience.

– Bon sang, mais où est-elle ? gémit-il, agacé. Où l'as-tu cachée ?

Je soupirai de désespoir, devinant de quel objet il s'agissait.

– Ma mallette ne contient aucun argent, dis-je. Je suis innocent. Ce n'est pas moi qui ai commis le vol à la banque.

Lusidor haussa les sourcils, et un large sourire s'épanouit sur son visage :

– Je le sais, que tu es innocent. Je sais aussi que ta mallette est vide. Seulement, ce n'est pas ta mallette que je cherche : c'est la mienne.

Je secouai la tête, perdu :

– De quoi tu parles ?

Lusidor posa les poings sur ses hanches.

– Je vais t'expliquer, mon petit Henri, reprit-il d'un ton dédaigneux. La nuit où nous nous sommes rencontrés dans le hall de la banque, je me suis trompé : j'ai pris ta mallette à la place de la mienne. Et il me faut ma malette, vois-tu, pour pouvoir partir aux Bahamas… avec mes millions.

Stupéfait, je bégayai :

– C'est… c'est… c'est toi qui as volé l'argent ? Co… co… comment as-tu osé ? Tu sais ce que j'ai enduré ? À cause de toi, tout le monde croit que je suis un bandit !

– Qu'est-ce que ça peut bien me faire ? maugréa Lusidor. Et toi, tu sais ce que j'ai enduré, à te chercher pendant des semaines ? J'ai eu un sacré coup de chance, que tu viennes à ton appartement le jour où j'essayais d'y entrer. Ensuite, il ne me restait qu'à prendre un taxi et à ordonner au chauffeur de suivre le bus…

Il ajouta, arrogant :

– Au fait, qu'est-ce que ça fait de vivre dans une décharge ?

– C'est super, merci, répondis-je. Et, d'ailleurs, le monstre dont tu parles est en fait un rat. Un rat gentil et accueillant. Dante et moi sommes les meilleurs amis du monde… Je dirais même que nous sommes des âmes sœurs !

– Un rat ? releva Lusidor en ricanant.

– Oui. Et la mallette à laquelle tu tiens tant, tu peux l'oublier : je n'ai pas la moindre idée d'où elle est, vieux schnock !

Le visage de Lusidor devint blanc comme un linge. Puis gris. Puis rouge, bleu, et, d'un coup, il parut sur le point d'exploser sous l'effet de la colère. Il ferma les paupières pour retrouver un semblant de sang-froid. Il réfléchit longtemps, la tête penchée. Quand il ouvrit les yeux, ils étaient embués de larmes.

– Henri, dit-il, je sais que ce que tu as vécu était très dur…

– C'est vrai ?

– Être accusé à tort… Se réfugier dans une décharge… Vivre dans la crasse et la pauvreté… avec un rat pour seule compagnie !

Il se prit la tête entre les mains et se mit à pleurnicher :

– C'est vraiment horrible, injuste !

– Oui, ça a été très difficile…, confiai-je, le menton tremblotant. J'ai dû fouiller dans les détritus pour survivre…

– Oh, ne m'en dis pas plus ! m'implora Lusidor. Est-ce que tu me pardonneras un jour ? Si je te promets de te disculper, par exemple…

– Tu ferais ça ? demandai-je en séchant mes larmes.

– C'est la moindre des choses ! s'écria-t-il. Je te jure que je ferai mon possible afin que chacun connaisse l'émouvante vérité à ton sujet !

– Mais comment vas-tu t'y prendre ?

Lusidor s'essuya le nez avec la manche de son imperméable :

– Eh bien… si tu me donnes la mallette, nous pourrons aller ensemble jusqu'au poste de police. Là, nous montrerons que le seul à connaître la combinaison secrète renfermant les millions d'euros, c'est moi. Les policiers comprendront, c'est sûr. Tu reprendras ta place de directeur de banque, et moi, j'irai croupir en prison.

Je le dévisageai, ébahi.

– Tu ferais ça, Lusidor ? répétai-je. Tu ferais ça pour moi ?

Il hocha bravement la tête et m'aida à soulever le lit :

– Il faut que justice soit faite.

Je me sentais soudain plus léger qu'une plume. Le simple fait de penser à la banque m'avait donné l'envie d'une paire de chaussures. Je me voyais revenir en héros, applaudi de tous. Gunnar verserait une larme, et Yen me remettrait une médaille. Tous s'agglutineraient autour de moi, et je leur raconterais mon long et palpitant périple dans la décharge.

– OK, tranchai-je, je vais te rendre ta mallette. Mais nous devons attendre Dante, c'est lui qui a la clé du tiroir.

Cette réponse déplut à Lusidor, seulement il ne pouvait rien y faire. On s'assit tous les deux par terre. Nos larmes avaient séché, et le temps des réconciliations était fini. Un silence pesant s'abattit sur nous, troublé seulement par les gargouillements du ventre de Lusidor. Il tentait de les dissimuler en se raclant la gorge, mais je les entendais quand même.

Chapitre 15

Tout le monde dehors!

Sur le coup de cinq heures, j'entendis Dante revenir en chantonnant un air joyeux :

– J'vais tout faire péter-euh ! J'vais tout faire péter-euh !

La porte s'ouvrit avec fracas. Dante trimballait une grosse caisse.

– Salut, Henri ! me dit-il gaiement.

Aussitôt, il eut l'air déconfit. Son regard s'était arrêté sur la mine dégoûtée de Lusidor.

– Bon, fit ce dernier, finissons-en.

J'esquissai un timide sourire en expliquant la situation à Dante :

– Tu sais quoi ? Je vais enfin être innocenté ! Nous allons retourner en ville pour tout arranger, et je pourrai reprendre mon travail. C'est génial, non ?

Le rat était figé comme un glaçon. Sa bouche ne formait qu'un mince trait. Il posa sa caisse et fixa le sol.

– Ça s'est bien passé au dépôt-vente ? lui demandai-je, gêné.

Dante ne répondit pas.

– Comme la banque est en ville, continuai-je, je retournerai sans doute habiter chez moi… Ce sera plus pratique, non ? Dante ?

Le rat demeurait silencieux. Je remarquai que ses épaules tressautaient : il s'était mis à pleurer. Mon cœur se serra. J'avais envie de m'approcher de lui pour le consoler, mais Lusidor m'interrompit :

– Est-ce qu'on pourrait se dépêcher un peu ? Humm… Le poste de police ferme dans une heure.

– Oui, oui, balbutiai-je. Il y a autre chose, Dante : nous avons besoin de la mallette. Peux-tu ouvrir le tiroir ?

Dante ne bougea pas d'un pouce. Lusidor grogna d'impatience. Quant à moi, stressé, je piétinais sur place.

– Dante, pourrais-tu ouvrir le tiroir, s'il te plaît ? répétai-je.

Lentement, très lentement, le rat leva les yeux. Son visage était trempé et ses yeux rouges. De la morve avait coulé de son nez sur sa lèvre supérieure qui tremblotait. Il secoua la tête :

– Non, pas question. Cette mallette m'appartient.

Je me précipitai vers lui :

– Mais enfin, Dante ! Il s'agit de m'innocenter ! Je vais retrouver ma vie, mon honneur !

– Ah oui ? cria-t-il. Eh bien, retournes-y, dans ta banque adorée ! Mais la mallette, elle, reste ici ! Elle est à moi : tu me l'as donnée !

Il courut à la porte et l'ouvrit en grand :

– Allez, tout le monde dehors ! Ici, c'est chez moi !

Je me tournai vers Lusidor en haussant les épaules :

– La clé est sous son bonnet. Alors, s'il ne veut pas la donner…

Que n'avais-je pas dit là ? Lusidor souffla bruyamment. Son visage blême et marqué s'assombrit encore. Il retroussa les manches de son imperméable :

– Dans ce cas, je vais me servir moi-même !

Il se jeta sur Dante, qui l'évita avec agilité. Lusidor essaya de le coincer de l'autre côté, mais le rat sauta au-dessus du fourneau, ne laissant à son adversaire aucune chance de l'attraper. Lusidor tenta de lui barrer le passage, de lui faire des croche-pieds, de l'assommer avec des bouteilles vides… En quelques minutes, la cabane était sens dessus dessous. Les mains sur la tête, je poussais des cris affolés. Enfin, Lusidor s'arrêta, dégoulinant de transpiration, la main posée sur sa poitrine.

– Écoute-moi bien, vieux rat, grinça-t-il. Voilà ce que je te propose : tu me donnes la clé, et on partage l'argent, toi et moi.

– Quoi ? m'écriai-je. Et la police, alors ? Nous ne devions pas aller au poste ?

Lusidor garda les yeux rivés sur Dante :

– Alors, qu'en dis-tu ? Cinq millions d'euros chacun. Pense à tout ce que tu pourras faire avec cet argent ! Tu es déjà allé aux Bahamas ?

Dante posa un doigt sur sa gueule. Il semblait intéressé par l'offre de Lusidor :

– Ma foi, non, je ne connais pas les Bahamas…

– Tu pourrais prendre l'avion dès ce soir. Imagine : quitter ce trou à rat, passer le reste de ta vie sous un parasol, face à une mer bleu turquoise…

– Oui, oui, pourquoi pas… ?

– Mais, Dante ! criai-je, désespéré. Et moi ?

– Toi ? feula-t-il. Toi, tu n'as qu'à pourrir ici pour le restant de tes jours ! Va au diable !

– D... D... Dante, bégayai-je, tu ne peux pas dire ça !

– Oh, que si ! répondit-il. Puisque tu te fiches de moi !

Il versa encore une larme, qu'il sécha aussitôt :

– Moi qui croyais que nous étions amis ! Tu as dit que tu étais bien chez moi, que c'était la vraie vie... Tu m'as menti !

Mon cœur sembla se briser en mille morceaux dans ma poitrine, et je rougis de honte. Je n'avais plus un seul ami.

Lusidor se dirigea vers Dante et lui tendit la main :

– Marché conclu ?

Dante réfléchit encore avant de déclarer :

– En fait, je trouve que dix millions, c'est mieux que cinq.

Il mit les pattes derrière son dos et commença à faire les cent pas. Puis il stoppa net, l'air grave :

– Je te propose un défi. Tu écris le code de la mallette sur un morceau de papier, que nous placerons dans mon bonnet avec la clé. Ensuite, on laissera le bonnet sur la table, et le jeu commencera…

– Quel genre de jeu ? demanda Lusidor avec une pointe d'appréhension.

Dante haussa les épaules :

– Un simple petit concours de tabac à chiquer. Le premier qui avale le contenu d'une boîte remporte tout l'argent.

Il ôta le bonnet et l'avança d'un geste enthousiaste. Lusidor avait sur le visage un sourire épouvanté.

– C'est d'accord, dit-il.

– Parfait.

Le rat alla chercher deux boîtes de tabac de la marque Faisan Doré rangées sur l'étagère. Lusidor, lui, nota le code sur un petit morceau de papier, qu'il fourra dans le bonnet. Quant à moi, j'assistais à la scène en reniflant et en me frottant les yeux.

– Dis, Dante…, murmurai-je.

– Quelqu'un m'a parlé ? fit-il en regardant de l'autre côté.

– Je te demande pardon… Je suis un imbécile…

– Un imbécile ? Toi, un imbécile ? Non, Henri, pas du tout ! Tu n'es même pas le quart d'un imbécile ! Les imbéciles réfléchissent *très peu*… Toi, tu ne réfléchis pas du tout ! C'est simple : on dirait que tu n'as pas de cerveau, que, dans ta tête, il n'y a que du vide, de l'air !

– Quoi ?

– J'ai dit que tu avais de l'air à la place du cerveau.

– Ah oui ? Et qui est l'imbécile qui n'a jamais compris que le monstre de la décharge dont tout le monde parle, c'est lui-même ?

Dante fronça les sourcils :

– Comment ça ?

– Eh bien, oui ! Le monstre, c'est toi ! Ceux qui croient l'avoir vu n'ont en réalité vu que toi. Voilà pourquoi tu es le seul à ne l'avoir jamais aperçu !

Dante était comme pétrifié :

– Mais enfin… pourquoi ?

– Laisse tomber ! soufflai-je. J'espère que tu vas perdre.

– Merci. Va au diable.

Les deux concurrents étaient prêts à s'affronter. Dante saisit délicatement sa boîte, en nous dévisageant l'un et l'autre de ses yeux noirs.

– Vous allez voir qui est le roi de la décharge, dit-il d'un ton déterminé. Prêt ?

Lusidor ouvrit sa boîte :

– Prêt.

Chapitre 16

L'explosion

Dante et Lusidor prirent chacun une grosse poignée de tabac, qu'ils fourrèrent dans leur bouche. Leurs lèvres noircirent et se couvrirent d'une espèce de jus visqueux. Après avoir avalé la première bouchée, Dante émit un gros rot.

– Prêt à vomir ? demanda-t-il à Lusidor.

– Tais-toi et mange ton tabac.

Dante essuya une goutte de sueur sur son front et prit une nouvelle poignée. Ah, comme je souhaitais qu'il perde ! Comme je rêvais de le voir écrasé par son adversaire ! Selon moi, s'il y en avait un qui ne méritait pas de partir aux Bahamas, c'était bien ce rat égoïste, prétentieux, gonflé d'orgueil !

Revenant de mes pensées, je remarquai soudain que quelque chose clochait. Juste après avoir mis son tabac dans sa bouche, Lusidor avait effectué un rapide mouvement de la main vers la poche de son imperméable. Était-ce possible ? Je ne le lâchai pas des yeux. Il répéta son petit manège une deuxième fois, puis une troisième… Je compris aussitôt sa manigance : il n'avalait rien, pas une miette de tabac ! Il trichait !

Dante, concentré sur la victoire tant espérée, n'avait pas remarqué le stratagème. Il commençait à baver, sa tête chancelait sur sa nuque, et sa respiration se faisait de plus en plus bruyante. Le tabac produisait un effet violent sur le petit corps du rat.

Comment devais-je réagir ? J'avais l'occasion de faire triompher la justice. Il me suffisait de crier : « Tricherie ! », et de montrer le contenu de la poche de Lusidor. Seulement, après toutes les méchancetés que Dante m'avait crachées au visage, je n'en avais pas la moindre envie. Pourquoi lui aurais-je rendu service ? Et puis, il me paraissait juste, finalement, qu'il perde contre un tricheur, lui qui avait triché pour prendre ma montre.

« Voilà pour la dose de tabac que tu as remise dans ma boîte, vieux rat ! » pensai-je en continuant à observer Lusidor, qui, petit à petit, transvasait tout le tabac dans sa poche.

Le concours touchait à sa fin. Les deux participants étaient à égalité. En constatant cela, ils accélérèrent la cadence, jusqu'à ce que Dante prenne sa dernière bouchée. Lusidor racla le fond de la boîte avec son index. Dante avala. Lusidor se lécha le doigt. Et, en même temps, tous deux claquèrent la boîte sur la table.

– J'ai gagné ! fit Dante.

– Faux ! C'est moi qui ai fini le premier ! fit Lusidor.

Dante posa les poings sur la table et fixa Lusidor d'un œil noir :

– J'avais terminé avant toi, admets-le !

– Non, c'est moi qui avais fini avant.

– N'importe quoi !

Le rat se tourna vers moi :

– Henri, lequel de nous deux a gagné ? C'est à toi de trancher.

– Tout à fait, approuva Lusidor. Qui a gagné, Henri ?

Je me mordillai la lèvre. Je les dévisageai l'un après l'autre. L'air mauvais de Lusidor, le regard furieux de Dante…

– Henri, répéta-t-il, en s'affaissant sur ses genoux qui semblaient mous comme de la guimauve, désigne le vainqueur…

Je n'eus pas le temps d'ouvrir la bouche. Dante était tombé par terre, inerte. Un sourire aussi moche qu'une bouche d'égout couvrit le visage de Lusidor. Il se frotta les mains en riant :

– Voilà, l'affaire est close !

Il glissa les doigts dans le bonnet avec avidité et y prit la clé. Puis il s'approcha du bureau et sortit la mallette du tiroir en poussant un profond soupir. Il composa le code – 333 –, les serrures se déverrouillèrent. Les yeux scintillants, il contempla le contenu de la mallette : dix millions d'euros, en petites coupures bien rangées. Je fus pris de vertige en songeant que, depuis tout ce temps, l'argent dormait là, sous mon nez et celui de Dante. Et nous qui passions notre temps à ramasser des ordures dans la décharge !

– Je suis riche ! glousse Lusidor. RI-CHI-SSIME !

Il jeta un coup d'œil à Dante, qui gisait toujours sur le sol comme un concombre desséché :

– Merci. Ce fut un plaisir de t'affronter à ce concours.

Sur ces mots, il retourna la poche de son imperméable, déversant le tabac sur le corps maigrelet du rat. Il se dirigea ensuite vers la porte d'entrée, tandis que je restais là, bêtement immobile.

– Je t'enverrai une carte postale des Bahamas ! me lança-t-il sur le seuil.

Mais, l'instant suivant, il poussa un petit cri aigu et bondit en arrière.

– Qui… qui es-tu ? demanda-t-il d'un ton craintif.

L'horrible chien se tenait face à lui. Il posa les pattes sur sa taille et examina Lusidor de la tête aux pieds. Ses yeux s'arrêtèrent sur la mallette :

– Elle est à vous ?

Lusidor pinça les lèvres, menaçant :

– Oui, cette mallette est la mienne.

– Et que contient-elle ?

– Rien qui t'intéresse, grommela Lusidor. Alors, bouge de là !

Le chien ne bougea pas. Il saisit la mallette et la tira vers lui, tandis que Lusidor la retenait de toutes ses forces. Ils auraient pu rester ainsi une éternité si Lusidor n'avait pas oublié de refermer les serrures. Soudain, la mallette s'ouvrit, projetant en tous sens les billets, qui tourbillonnèrent comme une nuée d'étourneaux. Le chien observa ce spectacle d'un air satisfait :

– Ne serait-ce pas dix millions d'euros que nous avons là ? D'où viennent-ils ?

Lusidor ricana :

– En quoi ça te regarde, sale cabot ?

– Ça me regarde pour une bonne raison, répondit l'autre. Une très bonne raison…

À ces mots, il tira sur sa barbe… qui se décrocha – c'était une fausse ! Il retira ses lunettes cassées, fouilla dans la poche de son jogging et, doucement, en sortit un insigne brillant : *POLICE*. Alors, je le reconnus : c'était le chien du policier qui m'avait interrogé à la banque.

– Sherlock ! m'écriai-je.

Sherlock hocha la tête :

– C'est bien moi. Je vous espionne depuis plusieurs semaines dans le but d'élucider cette affaire.

Il se tourna vers Lusidor :

– Et, puisque vous avez gentiment avoué que la mallette remplie de billets est à vous, vous êtes en état d'arrestation. Vous encourez une longue peine de prison.

– Hourra ! hurlai-je.

Tout à ma joie, je me dirigeai vers Dante pour lui saisir les pattes. Les injures et les paroles blessantes étaient oubliées. Mais le petit rat était toujours inconscient.

– Dante, tu as entendu ? Lusidor va être conduit au poste de police !

Seulement, Lusidor n'avait pas l'intention de se laisser faire : il se rua sur Sherlock. Le chien était fort, mais le vieil homme l'était encore plus. Il envoya un large coup de poing dans la gueule de Sherlock, qui vacilla et s'effondra sur le plancher. Afin d'éviter qu'il ne le suive, Lusidor enferma le chien dans la caisse que Dante avait ramenée de la ville. Puis il rassembla les billets éparpillés.

Je secouai discrètement le rat :

– Dante, réveille-toi ! Vite, Lusidor s'enfuit !

Une fois qu'il eut ramassé l'argent et refermé la mallette, le vieux banquier déclara :

– Allez, bonne continuation, mon petit Henri !

Il était hors de question qu'il parte ! Je n'allais pas laisser la justice me glisser de nouveau entre les doigts ! Je bondis sur lui, et on se battit sauvagement. Lusidor me gifla, mais je me cramponnai à ses vêtements, l'empêchant de faire le moindre pas. Il se retourna et me prit à la gorge. Mon sang cognait dans mes tempes, mes oreilles bourdonnaient et le manque d'oxygène me rendait comme ivre.

– Arrête ! suppliai-je. J'étouffe !

Lusidor maintint sa main sur mon cou. Il resserra même légèrement les doigts. Je crus ma dernière heure arrivée.

« Adieu, monde cruel ! » pensai-je, sentant mes jambes s'affaiblir.

Mais alors un bruit étrange se fit entendre. Une espèce de crépitement, un peu comme celui que produirait un cierge magique. Lusidor tendit l'oreille et regarda autour de lui, paniqué.

– Qu'est-ce que c'est que ça ? maugréa-t-il.

– Ça vient de la caisse, bafouillai-je.

En effet, le crépitement provenait de la caisse de Dante. Lusidor, effrayé, desserra son étreinte. Je poussai un long soupir en sentant la vie revenir dans mes membres. Lusidor s'approcha lentement de la caisse et l'effleura du bout des doigts. Il hésita quelques secondes avant d'entrouvrir le couvercle. Aussitôt, Sherlock en jaillit comme un boulet de canon.

– Tous aux abris ! aboya-t-il en se jetant sur Dante.

J'eus tout juste le temps de me baisser et d'enfouir ma tête dans mes bras…

KABOUUUUUUUUUUM !

La caisse avait explosé dans un vacarme aussi insupportable que si la Terre s'était ouverte en deux. Le fourneau se brisa en mille éclats, et son tuyau s'abattit sur Lusidor.

Lorsque le calme revint enfin, Sherlock se leva et épousseta son pelage :

– Quand on m'enferme dans une caisse, je la fais sauter.

En vérité, le chien policier avait trouvé dans la caisse la dynamite que Dante avait achetée en ville pour ouvrir la mallette. L'intérieur de la cabane était totalement détruit. Seule la mallette, au milieu des cendres, était intacte.

Je me penchai pour caresser la joue du rat :

– Dante ? chuchotai-je. Ça va ?

Il était toujours inanimé, aussi figé qu'une sardine en boîte.

Chapitre 17

Comme un poignard dans le cœur

Deux jours étaient passés depuis l'explosion. J'étais dans mon appartement, debout devant la fenêtre. Derrière moi, mon bon vieux Thor était assis en tailleur dans le fauteuil. Je songeai à la banque, à mon ancienne vie… Étrangement, elle m'avait peu manqué.

– Tu comprends, dis-je à Thor, je n'aurais jamais cru que j'apprécierais Dante à ce point. Je pensais ne rester à la décharge que le temps d'échafauder un plan pour m'en sortir… Et puis, j'ai été retenu, d'une certaine façon. C'est bizarre, n'est-ce pas ?

Thor me répondit par un silence éloquent. Il est comme ça, Thor : adorable mais silencieux.

Je fis le tour de la pièce. Dante était à quelques pâtés de maison de là, dans une chambre d'hôpital. La chambre numéro 9. Il gisait sur un lit, le ventre relié à un tuyau. Le tabac à chiquer avait bien failli le tuer, cette fois. Mais, d'après les médecins, il s'en remettrait, et j'avais même le droit de lui rendre visite. Ce que les médecins ignoraient, c'est que Dante ne voulait pas me voir.

Je poussai un profond soupir et m'effondrai dans le fauteuil à côté de Thor, le cœur plus douloureux que si l'on m'y avait planté un poignard.

– Si seulement je n'avais pas écouté Lusidor ! me désolai-je. Tout serait comme avant entre Dante et moi. Nous aurions créé notre entreprise d'inventions. Nous avions des idées géniales, tu sais !

Les larmes me montèrent aux yeux, et ma gorge se serra de désespoir.

– Mais j'ai tout détruit.

Thor me regarda d'un air qui semblait signifier: «Est-ce que tu es sûr qu'il ne veut pas te voir? Tu pourrais au moins essayer...»

Je secouai la tête:

– Non, Thor. J'en suis sûr: Dante me déteste.

Je m'essuyai la joue:

– Tant pis, il faut que j'oublie mon séjour à la décharge. La vie continue! Je ne vais tout de même pas rester ici à me lamenter en attendant que Dante vienne toquer à ma porte!

Et, à cet instant précis, on toqua à la porte! Je sursautai aussi vivement que si on m'avait piqué les fesses avec une aiguille:

– Dante?

Ce n'était pas Dante. C'était Yen. Et Mark. Et Gunnar aussi. Et Lars, Brigitte, Lise et Sixten. Presque tous mes collègues de la banque.

– HOURRAAAAAAAAA! crièrent-ils en chœur, si fort qu'ils firent trembler la cage d'escalier.

Yen me tendit un gâteau recouvert de pâte d'amande violette, et tous se mirent à applaudir, comme si j'avais fait un numéro de cirque.

– J'ai toujours su que tu étais innocent, Henri ! déclara Gunnar au milieu du tapage.

Lorsque le calme fut revenu, Yen passa ses pouces sous ses bretelles, et me dit crânement :

– Henri, c'est si merveilleux de te retrouver !

– C'est bien vrai ! renchérit Mark.

Yen aperçut alors mon pantalon déchiré et mes pieds nus.

– Dès que tu seras revenu à la banque, nous prendrons rendez-vous avec le tailleur le plus chic de la ville, ajouta-t-il. Et le chausseur le plus chic de la ville. Avec une belle paire de souliers vernis, tu retrouveras le bonheur d'aller travailler.

– En effet, approuva Mark.

Yen enroula son épaisse moustache autour de son index :

– Tu n'imagines pas à quel point ça a été difficile, pour Mark et moi…

– Très difficile, fit son collègue.

– Diriger la banque, juste tous les deux…

– Oui, deux, c'est peu.

– Sans toi et ton habileté à gérer l'argent…

– C'est le moins qu'on puisse dire.

Tous deux se frottèrent les mains. Mark avait apporté ma mallette, celle que Lusidor avait prise la nuit du drame, dans le hall de la banque.

– Tu la reconnais ? demanda-t-il. On l'a retrouvée chez Lusidor. Elle a dû te manquer. Bon retour dans notre banque !

Un silence lugubre suivit ces paroles. Mes collègues me fixaient d'un regard brillant. Avaient-ils toujours eu cette attitude envers moi ? Moi, je ne pensais qu'aux petits yeux moches et furieux de Dante. Des yeux qui ne faisaient jamais semblant. Je sentis de nouveau ce coup de poignard à l'intérieur de moi-même, si violent que je faillis hurler.

– Non, dis-je en rendant le gâteau à Yen. Je ne reviendrai pas à la banque.

Mes collègues murmurèrent entre eux, tandis que Yen et Mark demeuraient bouche bée.

– Comment ?

– Pardon ?

– Vous m'avez jeté, expliquai-je. Comme une vieille loque. Et vous croyez maintenant que l'on peut continuer comme si rien ne s'était passé ? C'est impossible. Lorsqu'on jette une loque, elle disparaît pour toujours… dans une décharge.

– Mais, Henri, tu DOIS revenir ! s'indigna Yen.

– Oui, on ne s'en sort pas sans toi à la banque, avoua Mark.

– Ne le prenez pas mal, ajoutai-je, mais, si vous travailliez un peu plus et mangiez un peu moins de gâteaux, vous vous en sortiriez très bien. En revanche, je garde la mallette.

Mark, déconfit, hocha la tête et me donna la mallette :

– Bien sûr, Henri.

– Comme tu voudras, Henri, acquiesça Yen.

– Vous pouvez y aller, à présent, les congédiai-je. J'ai quelque chose d'important à faire.

Tête basse, patrons et employés de la banque firent demi-tour. Ils descendirent d'un pas pesant les marches de mon immeuble. Avant que Gunnar n'ait disparu, je l'entendis murmurer à Lise :

– Je l'ai toujours trouvé bizarre…

La porte refermée, je me tournai vers ce bon vieux Thor, assis dans son fauteuil :

– En fait, tu as raison, Thor. Direction : l'hôpital !

Chapitre 18

Dans la chambre numéro 9

Sur le chemin de l'hôpital, je m'arrêtai pour acheter des fleurs. J'hésitai longtemps devant les bouquets, me demandant si Dante préférerait des roses rouges ou des roses blanches. L'indécision me fit tourner la tête, et je finis par choisir des fleurs jaunes. Le cœur battant, les pieds toujours nus, je me dirigeai vers l'hôpital. J'avais installé Thor dans ma poche.

Le soleil cognait, ma main tenant le bouquet était toute moite. Dans mon autre main se balançait ma mallette. Je jetai un coup d'œil à mon reflet sur une vitrine. J'avais lavé mon nœud papillon et raccommodé mon pantalon. J'étais plutôt satisfait de mon apparence.

Devant un kiosque à journaux, j'aperçus un homme en guenilles. La Crasse, les yeux rivés sur la une d'un journal, semblait stupéfait. Il avait plusieurs fois relu le gros titre : *La mallette contenait dix millions d'euros*. L'article était illustré par une photo de la mallette en question – celle de Lusidor, qu'il avait eue en main pendant de longues semaines. La Crasse éclata en sanglots. Il s'empara du journal et parcourut l'article en pleurant de plus en plus fort. L'écho de ses jérémiades me suivit sur quelques mètres, et j'eus presque pitié de lui.

Enfin, le bâtiment de l'hôpital s'éleva devant moi. L'estomac noué, j'en poussai la porte. Les couloirs étaient longs et blancs ; le sol étincelait de propreté. Ça sentait les médicaments et le désinfectant.

J'allai droit vers la chambre numéro 9 et frappai à la porte.

– Entrez, fit Dante d'une voix faible.

Je soufflai un coup et pénétrai dans la chambre. Le rat, la tête enveloppée dans un bandage, était allongé sur un lit à roulettes. Sur la table de nuit, il y avait un verre de jus de pomme et la moitié d'une part de pudding.

– Salut, dis-je en souriant timidement.

Dante ne répondit pas, se contentant de me regarder, le museau tendu.

– Tiens, c'est pour toi, continuai-je en déposant le bouquet sur son ventre. Tu aimes les fleurs jaunes ? Est-ce que tu te sens mieux ?

Dante haussa les épaules :

– Couci-couça.

Le silence se fit. Je ne savais plus quoi dire, et Dante avait détourné les yeux vers la fenêtre. Un minuscule nuage blanc traversait le ciel bleu, comme pour nous encourager. Hormis la présence de ce nuage, nous étions seuls. Seuls au monde.

Au bout d'un moment, on toqua à la porte. Sherlock entra. Il n'avait plus ni jogging ni barbe, et il ne boitait plus.

– Bonjour, lança-t-il, les pattes derrière le dos. Quelle chance que vous soyez là aussi, Henri ! Maintenant que Dante est presque rétabli, je voulais discuter un peu…

Il me sourit :

– Lusidor a avoué. L'affaire est donc close : vous êtes libre.

– Bonne nouvelle ! dis-je en adressant un clin d'œil à Dante, qui m'ignora.

Je me rembrunis.

– Tu pourrais au moins faire semblant d'être sympa, grommelai-je.

Dante me tourna le dos et but un peu de jus de pomme, en fouettant le matelas de sa queue. Mal à l'aise, je m'adressai à Sherlock :

– Merci d'avoir mené cette enquête. Ça n'a pas dû être évident de nous espionner.

– En effet, c'était compliqué ! commenta le chien. D'autant que je vous ai suivi dès le début.

– Ah bon ?

Sherlock hocha la tête, puis il s'installa au bord du lit pour me raconter les détails de son enquête :

– Comme vous vous en souvenez sans doute, je surveillais la porte du bureau de la banque, le jour où le vol a été découvert.

Le souvenir de cette terrible journée me fit frissonner.

– J'ai l'ouïe fine, continua Sherlock, je vous ai entendu ouvrir la fenêtre. Je suis entré dans le bureau au moment où vous avez sauté. Je vous ai vu atterrir dans une poubelle, et j'ai deviné où vous alliez être emmené. Je me suis rendu à la décharge, déguisé en mendiant. Je n'ai pas tardé à vous retrouver chez le rat.

Je secouai l'épaule de Dante :

– Tu entends ça ? On parle de toi !

Dante répondit par une moue sceptique.

– Il n'est pas de bonne humeur, aujourd'hui, commentai-je à l'intention de Sherlock. Mais, puisque vous m'aviez retrouvé, pourquoi ne m'avez-vous pas arrêté ?

Le chien sourit avec fierté :

– J'avais reçu l'ordre de vous arrêter, mais j'estimais qu'un certain nombre d'éléments tendaient à prouver votre innocence.

– Ah oui ? Lesquels ?

– Par exemple, le fait que vous vous soyez rendu à la banque, ce matin-là. Si vous aviez été coupable, vous seriez resté à distance du lieu du crime. Et la décharge : quand on vient de voler dix millions d'euros, on s'enfuit à l'autre bout du monde. Qui resterait dans une décharge s'il a la possibilité d'aller ailleurs ?

À ces mots, Dante me lança un regard si froid que je tremblotai sous ma chemise fraîchement repassée. Sherlock conclut :

– Je voulais avoir la preuve de votre culpabilité avant de vous arrêter. Voilà pourquoi je vous ai espionné : je voulais vous voir avec l'argent dans les mains. C'était plus facile à dire qu'à faire ! J'ai eu un gros doute lorsque Dante s'est escrimé sur la mallette. Cette nuit-là, quand vous l'avez oubliée dehors, j'ai essayé de l'ouvrir avec mon pied-de-biche. Mais j'ai été dérangé par l'individu qui s'est introduit dans votre cabane. Et puis vous vous êtes réveillés, et vous m'avez pris pour le cambrioleur…

– C'était Lusidor, dis-je. Il était venu récupérer sa mallette, mais il ne l'a pas trouvée.

– En effet, et une semaine plus tard il a décidé de faire une autre tentative. Et il a failli réussir ! Imaginez ce qui se serait passé s'il n'y avait pas eu de la dynamite dans la caisse ! J'ai toujours une boîte d'allumettes dans ma poche – avec des jumelles, mon pistolet, des menottes et un pied-de-biche, bien sûr : c'est ce qui nous a sauvés.

– Oh oui ! Quelle chance !

Sherlock resta quelques heures en notre compagnie, puis il retourna travailler.

En franchissant le seuil, il nous lança :

– Qui sait quand nous aurons l'occasion de nous revoir ? D'ici là, soyez prudents !

Et le meilleur enquêteur de la ville, maître en déguisements, s'engouffra dans le couloir.

Dans la chambre numéro 9, le silence revint. Personne ne pipait mot. Dante alluma la télévision. De temps à autre, il jetait un œil à la tête du crocodile en tissu qui dépassait de ma poche.

– Qui c'est, celui-là ? finit-il par me demander.

– Oh, j'ai oublié de faire les présentations, m'écriai-je. Lui, c'est Thor : on dirait une vulgaire peluche, mais, en réalité, c'est un ami fidèle, qui m'a tenu compagnie pendant de nombreuses années… jusqu'à ce que je te…

Mes joues me brûlaient. J'avais l'impression que Thor me soufflait : « C'est le moment ou jamais ! » Le moment ou jamais… Je posai la mallette entre les pattes de Dante :

– Je t'avais donné ma mallette. Elle a été égarée pendant quelque temps, mais la voici. Et je me disais que je pourrais aller à la décharge pour reconstruire la cabane. Comme ça, nous aurons une maison toute neuve quand tu sortiras de l'hôpital.

Dante me fixait toujours aussi froidement :

– Tu ne retournes pas vivre dans ton appartement ?

– Non. J'ai réfléchi : ce n'est pas bon pour toi, de vivre seul dans la décharge. Avec le monstre qui rôde…

– Je croyais qu'il n'y avait pas de monstre, grommela Dante.

Je secouai énergiquement la tête :

– Je me suis trompé. Vraiment, je ne sais pas ce qui m'est passé par la tête. Mais le monstre existe : je l'ai vu.

– Ah oui ?

Dante avait les yeux écarquillés.

– Oui, continuai-je de mentir. Le jour où les urgences sont venues te chercher en hélicoptère, le monstre fouillait dans les déchets.

Dante posa une patte devant sa bouche grande ouverte.

– Est-ce qu'il était effroyable ? chuchota-t-il.

– Effroyable. Plein de poils et de bave. Une créature de l'enfer.

– Quelle horreur !

– Donc, quand j'ai soutenu que le monstre n'existait pas, je faisais erreur sur toute la ligne !

– Je n'ai jamais douté de son existence, affirma Dante.

Il s'approcha de moi et, me boxant gentiment l'épaule, ajouta :

– Mais je ne te l'ai pas dit pour ne pas te vexer !

– C'est gentil de ta part. Merci !

Je le regardai droit dans les yeux :

– Alors, je peux rester vivre dans la cabane ?

Dante acquiesça :

– C'est mieux de vivre à deux. Surtout quand un monstre rôde dans les parages.

Et c'est ainsi que je me suis installé chez Dante pour de bon.

À sa sortie de l'hôpital, nous avons fondé l'entreprise *H & D Inventions*. Au bout de quelques années, nos inventions nous ont rendus riches. Dante a pu aller chez le dentiste ; sa bouche est maintenant garnie de dents en or – et une en laiton –, et il se trouve plus beau que jamais. Nous vivons heureux et pieds nus depuis de nombreuses années.

Cependant, je n'ai jamais su la vérité à propos du concours de tabac à chiquer. En avais-je réellement laissé un peu au fond de la boîte ? Le rat en avait-il ajouté par tricherie ? Peu à peu, j'ai oublié cette histoire. Car la chose la plus importante dans ma vie, c'est de partager un thé fumant, le soir, dans la cabane, avec mon ami Dante.

Découvre d'autres romans de la collection

Estampille

Ma mère est un gorille (et alors ?)

de Frida Nilsson

Traduit du suédois
par Ludivine Verbeke

Jonna vit aux Mimosas, un orphelinat dont la directrice est sévère et obsédée par la propreté. Comme tous ses camarades, la fillette n'a qu'un rêve : être adoptée par une jolie maman coiffée en chignon et un gentil papa aux souliers vernis. Or, un jour, déboule une vieille voiture déglinguée, d'où surgissent deux jambes poilues à moitié couvertes par un jean miteux, puis un torse velu, et enfin une grosse tête noire en forme de poire avec un sourire idiot. C'est une gorille ! La directrice ne laissera jamais cette espèce de guenon crasseuse adopter un enfant, Jonna en est sûre. Et pourtant, horreur ! c'est elle que la gorille choisit…

Un texte loufoque et tendre, qui donne un bon coup de pied aux préjugés.

Alice au pays des Mongols

de Ulrike Kuckero

Traduit de l'allemand
par Sylvie Roussel

Les sœurs jumelles Zoé et Alice sont très différentes. Zoé est raisonnable, posée ; Alice est spontanée, colérique. Zoé est une petite fille « ordinaire ». Alice est trisomique. Un jour, énervée par la moquerie d'un garçon à l'égard de sa sœur, Zoé répond ironiquement que oui, Alice est une Mongole, une enfant adoptée qui vient de Mongolie… Elle n'imagine pas que sa jumelle va la prendre au mot. Elle ne se doute pas non plus qu'elle va trouver le moyen d'emmener toute sa famille dans ce pays lointain. Elle ignore encore que les steppes de la Mongolie seront le théâtre de la plus grande aventure de leur vie…

Une invitation au voyage. Un autre regard sur la différence.

Le garçon qui n'était pas noir

de Jacqueline Woodson

Traduit de l'anglais (États-Unis)
par Agnès Piganiol

Frannie vit dans le quartier noir d'une ville américaine, de l'autre côté de l'autoroute, au-delà du quartier des Blancs. Un jour, Frannie voit arriver dans son école un nouvel élève. Il est maigre, a de longs cheveux bouclés, et surtout il est blanc. Très vite, on le surnomme « Jésus », et il devient le souffre-douleur de Trevor, un jeune métis craint par tous. Frannie, elle, intriguée par cet étrange garçon blanc, tente de tisser des liens…

Le rire de Caroline
de Katja Henkel

Traduit de l'allemand
par Florence Quillet

La vie de Caroline est monotone, et sans surprise : chaque matin son père l'emmène à l'école, et le soir une étudiante pas très sympa vient la chercher. Quant à sa mère, psychologue, elle ne fait que travailler ! Résultat, Caro déprime. En haut lieu, au ciel, « On » s'en émeut, et « On » dépêche l'ange Gustave VII à son secours. Comme la tâche promet d'être difficile, « On » lui adjoint une assistante : l'ange Agathe. Tous deux ont soixante-douze heures pour rendre à Caro sa joie de vivre.

Le pitre de la classe

de Louis Sachar

Traduit de l'anglais (États-Unis)
par Maïca Sanconie

Barry Boone, dit Baboon, a douze ans, collectionne les chapeaux et adore inventer des blagues. Son rêve : devenir un comique renommé. Mais ses camarades le considèrent plutôt comme le bouffon de la classe. Ses incessants jeux de mots ne font rire qu'Angeline, sa meilleure amie, partie étudier dans une lointaine et prestigieuse école. Quand un concours de jeunes talents est lancé dans son école, Baboon s'inscrit, bien décidé à faire hurler de rire le public. Pour ne pas dévoiler son spectacle avant le grand soir, il arrête de faire le pitre et commence alors à se faire des amis. Troublé, il ne sait plus s'il doit monter sur scène…

La colère des McGregor

de Thomas Lavachery

« Une odeur l'assaillit, mélange de vieux bois, de cire et de poussière. Il faisait tout noir. Tandis qu'il cherchait la lumière à tâtons, Nelson crut entendre des chuchotements.

"Il y a des gens ici !" songea-t-il en frémissant.

– Qui est là ? Mais qui est là, bon sang ? »

À peine arrivé chez sa grand-mère pour les vacances, Nelson se voit remettre la clé du grenier avec ces simples mots : « Le moment est venu ». Le garçon est loin de se douter que, derrière la porte, il a rendez-vous avec son histoire familiale. Il va devoir délivrer ses ancêtres de la terrible malédiction qui pèse sur eux depuis des centaines d'années…

Cet ouvrage a été mis en pages
par DV Arts Graphiques à La Rochelle

Imprimé par BLACKPRINT CPI
en octobre 2012

pour le compte des Éditions Bayard

Imprimé en Espagne